京剧书简

致刘曾复信十七通

王尔敏 著

华东师范大学出版社

华东师范大学出版社六点分社　策划

目　录

导读：历史老人为你说戏　翁思再 /1

陆序 /12

陈序 /20

杨序 /24

自序 /27

第 一 信　京剧有其重要价值 /52

第 二 信　京剧之特质须能充分把握 /56

第 三 信　谈京剧改良问题 /62

第 四 信　京剧没有必要讲究布景 /71

第 五 信　京剧传承不可忽略小戏小调 /77

第 六 信　文化须政府提倡戏剧是易见的国家表征 /83

第 七 信　京剧不可搭配西洋管弦乐组 /89

第 八 信　中国戏剧精华俱在念唱做打 /96

第 九 信　从许道经先生的讲演说起 /103

第 十 信　京戏上下场自具艺术特色不可废除 /109

第十一信　尽可增编新戏不可删改旧戏 /116

第十二信　西方学者大师看重中国戏剧 /124

第十三信　文化解体引致京剧没落 /132

第十四信　请国人参阅乾隆皇帝赏赐英国贡使团看戏这个故事 /139

第十五信　北宋伶人御前作俳有真驴上台 /145

第十六信　引介音乐家史惟亮的精深析论 /149

第十七信　外行人对于戏剧应持何样观点 /169

忆听戏与学戏 /184

和光同尘　空前绝后 /198

导读：历史老人为你说戏

——王尔敏《京剧书简》导读

翁思再

旅居加拿大的王尔敏教授以治中国近代史而驰名学界。他曾以通信形式与吾师刘曾复教授议论京剧之理，今以积札结集，自云"年及九秩，此即婪尾之书"。为什么这位历史学家竟以论京之书结束学术生涯呢？

这些信件的写作分为两个时期，自二〇〇四年至二〇〇五年得十三通，先生曾在台湾地区自费少量印行，书名为《揄扬京剧有理》。自二〇〇六年至二〇〇九年他又陆续写了四篇，此番加上以前所写共十七通，以《京剧书简》为书名，由华东师范大学出版社出版。王尔敏教授如此表述出版缘起：

元曲名家郑光祖著有《醒世一斑录》，其中说道："天地之中一阴阳也。阴阳分而天地定，阴阳交而天地生。天地有理，阴阳有理，万物有理"。本书之谈京戏，一切要先占得有理。这是小焉者。我这书虽然简略单薄，而立意则正大严肃，用心则忠诚笃厚，申理则事事有据，行文则浅显易晓。这话有理，识者皆可复按。

戏剧一门艺术，我自是十分外行，生平未尝研究，亦并未认真学习。既鲜阅读，又乏磨练，只是有点爱好，随兴跟人乱唱，亦是浅尝辄止。观赏稀少，向未著述，门径未窥，见识浮泛。于今竟然大谈京戏，自是既不度德又不量力，偏要出书，岂非自暴其丑？不过时有所激，势有所迫，在京剧倾灭危亡之会，也竟要逼着哑巴说话了。写此楔子，正逢乙酉之岁春正月，生肖即当鸡年，世界大势，面对灾难世纪。于风云际会，正可谓是风雨如晦，鸡鸣不已。我虽才疏学浅，也顾不得要抗争一鸣。海内识者，怜而勿笑可也。

王尔敏教授在自序中，既描述自己业余票戏的过程，又畅谈观察中西作品后之领悟。他的这种观察带有历史学家的特殊视角。如他开篇所言："中国戏剧创生于乡村市镇的平民社会，演员和平民距离密近"，这实际上就折射出人类学和文化史上的"大传统"和"小传统"之间的关系。中国儒家要义录于经书，这是"大传统"；而平民百姓则不会去看"四书五经"，他们对于儒家的"忠孝节义"思想往往是通过看戏、听评书等民间艺术得到的，后者即是"小传统"。这就是说，"大传统"是仰仗"小传统"传播民间的。又如王教授认为《玉堂春》虽是完全虚构，却如实反映了明清两代各省必在秋天实行"秋录大典"的史实，朝廷要清讼省刑，地方官必须履践。《玉堂春》剧中由"红袍"（一省之承宣布政使，即藩台）、"蓝袍"（一省之提刑按察使，即臬台）与中堂坐定的巡按大人之"三堂会审"，反映了当时的审案格局。王教授道出了传统戏曲的历史作用及其剧目的认识价值。

王教授对于京剧在形式方面的议论，是围绕写意艺术观来生发的。京剧舞台的虚拟性，表演的程式性，无不体现中国式的创作思维。他举意大利歌剧《塞维利亚的理发师》演出的例子说，剧中理发师为伯爵剃胡须，连泡沫胡子膏也上了场，把它们涂在伯爵面颊上，抽出闪亮的剃刀，一刀下去，刮下了一条膏沫……这是完全的生活真实。反观京剧，胡子是假的，有各种样式的"髯口"，各行当都有挑须、抖须、捻须、甩须、握须、吹须等优美的程式化动作，表达各式各样的人物感情，这种方式更有利于艺术化的呈现。厉慧良《汉津口》里，拉长须的展手之间，把髯口甩上左肩，神色威严，复令胡须缓慢落下，这些表演确实能够表现关羽的神武，髯口是假，艺术是真。王尔敏教授以广阔的视野，在中西舞台艺术的比较中凸显中国舞台艺术的抒情模式。

写意型的京剧完全不必照搬西洋的舞台美术。西洋歌剧虽然布景堂皇、服装华丽，音乐和歌唱方面达到高水准，可是表演却不见精彩，做工武打远远不及京剧。这是王尔敏先生的识断。他还引用许道经先生的演讲，告诉我们西洋舞台艺术未必没有象征。那《天鹅湖》里的天鹅，无论怎么装扮也不像，可是把它解释为象征，那就通了。我们决不要为自己的象征艺术而自卑。

吾师王元化先生在在进行文化反思时，指出"五四"新文化运动中的民族虚无主义的错误倾向，导致后来多有以西方为坐标来看待中国传统文化者，后果很严重。无独有偶，王尔敏教授也以京剧为例，尖锐地指出"文化解体导致京剧没落"。他说：以这一百年来的文化而言，领袖和伟人们的所作所为是要从根本上改造中国文化，要打倒"旧文化"创造"新文化"，文化之命被割，成了一种"运动"。大小男女如醉如痴地在共同割中国文化的命，这是一个大潮流，有几个人能够清醒呢？他还引英国历史学家阿诺德·约瑟夫·汤因比（Arnold Joseph Toynbee）的论述说，世界上只有六种文化是从原始先民起就自创文化，其中埃及、苏美尔（Sumer）、米诺斯（Minoan）、玛雅（Maya）、安第斯（Andean）五个文化社会已经不存，所幸存的只有中国一个。上述五个文化社会的灭亡方式中，有四个是因外力的侵入、破坏、杀戮和驱散，只有埃及是自生自灭、自行沦亡。不幸如今的中国的文化同时面临上述两种沦亡方式的危机。自鸦片战争以来中国陷于帝国主义列强的侵略压迫，可是自一九〇〇年起，中国人又丧失自信自尊，崇洋媚外，回头看本国固有文化全不顺眼，务要改造、革命，以致连根拔起。他痛切地说："这个固旧的老文化社会能存多久，史家不敢预估，且请高明之家多想想吧！"这是历史老人之言，痛哉呀痛哉！

京剧历来不仅有广泛群众基础，还备受高层和雅士的推崇。王教授以相当篇幅列举了西方学者对元杂剧和京剧的翻译剧目，有的还注明了版本和年代，非常翔实地告诉我们西方大师是如何看重中国戏曲的。书中还搜罗了一些掌故轶事，如他从晚清"翁（同龢）门六子"之一文廷式笔记稿里，觅出如下一桩有趣的故事。有一位御史向光绪皇帝上奏折说：有小叫天（谭鑫培）、十三旦（侯俊山）者，闻皇帝尝召入。皇上怎么可以与这些污秽之人亲近呢？光绪闻奏大怒，说道不知他下面还要说什么。遂命枢臣传入诘问，严厉追究其幕后指使。皇帝"即以加罪"，而"军机为碰头乞恩"。后来此事报到慈禧太后那里，下了懿旨乃得宽免。书中像这样有意思的轶事还有一些，如果没有痴迷京剧的历史学家在故纸堆里爬罗剔抉，是很难从海底捞上来的。

作为严肃的历史学家，王教授对学术问题毫不含糊，该批则批，并不在乎持论者多么有名。这可以书中批评齐如山的论述为例。

关于齐如山，较早的一个批评声音来自王元化先生。他为笔者所编之《余叔岩研究》撰序，言及齐如山批评谭鑫培的《珠帘寨》说"难道鼓的声音会'花啦啦'么？"元化先生有如下一段反批评之言："这恐怕是苛论。固然真实的鼓声不是'哗啦啦'。但他（齐如山）没有从写意的角度去衡量。一旦走上这条什么都要求像真的形似路子，那么作为写意型的表演体系也就不存在了。倘用写实去要求，试问京剧还有多少东西可以留下来呢？如果承认京剧是写意型的体系，那么京剧唱腔也不能例外。写意容许变形的表现手法，但这不是违反真实，而是更侧重于神似。优秀的写意艺术比拙劣的写实艺术可以说是更真实的，因为前者在精神上更酷肖所表现的内容。齐如山的这类议论是不足效法的。"

笔者也曾批评过齐如山。在为王元化《京剧与传统文化》所撰注跋中，对齐如山的评价如下："十九世纪的分析实证治学思想，由封至模、欧阳予倩等学者于民国初年引入皮黄①研究，留学欧洲回来的齐如山用的也是这种方法。但这些前驱者多数毕竟没学过戏，更没有舞台经验。他们以为只要不断进行越分越细的分类记述，就能说明京剧唱念做打的艺术问题，其实不然。比如一个身段即使照他们所分解的，把手、腿、头、腰各分体动作都做对了，也未必能好看，因为其中还有整体配合和怎样用劲头的问题。亚里士多德说，手在人的有机体上，那才是手；黑格尔说，假如把部分从整体上割裂下来，这就不是整体的部分，而是两个性质了。齐如

---

① 此处指京剧的旧称。又作"皮簧"。

山的《国学身段谱》之类的著作，有整理记录之功，却未能得到普及，在梨园行作用不大。因为他未能揭示动态规律，从系统上解决问题。后来当二十世纪分析综合的整体思想传入，后起的学者就指出齐如山的不足。"

此番在《京剧书简》里，王尔敏教授与我们异曲同工。先生批评道："他（齐如山）观察有差，给予梅兰芳误导。他说西洋歌剧是载歌载舞，这是大错，西方无论男女高音，俱是只唱不舞，仅仅随音乐有点简单手势台步。"确如王教授所言，在齐如山那个年代，西洋歌剧是唱者不舞，舞者则不唱，并不像后来崛起的音乐剧（Musicals）那样有了综合性。对于齐如山的纠错和匡正，是求真务实的学术态度。电影《梅兰芳》把"梅党"成员以一个角色为代表，导致齐如山在媒体上迅速蹿红，以致舆论普遍认为他是梅兰芳最重要的辅弼，其实事实并不这么简单。正如胡适先生所说：世间有一种最流行的迷信，叫做"服从多数的迷信"。一般都会以为多数人的公论总是不错的，其实不然。后人不必为尊者讳，遮蔽齐如山先生在学术上的种种瑕疵和误导。

从总体上看，王尔敏教授是一位文化保守主义者，可是这并不表明他不具备国际眼光，也不表明他不提倡京剧改革。他在第十六封信里揄扬唐太宗和唐玄宗。他说，在这两朝的一百三十年间，外国音乐如排山倒海般涌入，这是吸收外来艺术之高潮，这两位皇帝开创了中外音乐融合的活泼风气。他引台湾学者史惟亮语曰："当前我们又到了一个史无前例的融合东西的大时代，迎接这个挑战必须先在观念上恢复自我，认识自我。"诚哉斯言！只有植根于本体，才能够有效地借鉴和融合外来艺术。可是中国历史上真正懂艺术的开明皇帝，能有几人？

这本《京剧书简》里的十七篇论文都以通信形式呈现，这种体例古今中外不乏旧章。如十八世纪法国启蒙思想家、哲学家、文学家伏尔泰著名的《哲学通信》。我国清代历史学家学者章学诚、段玉裁等也有以通信方式论学的先例。通信体的写法比较自由，即兴挥洒，短小精悍，虽不是系统论文，却容易适应媒体需要，随时可见诸报端。然而由于写作时间不同，各自独立成篇，因此本书各篇之间内容难免有所交叉。王尔敏教授选择通信对象为刘曾复先生，这说明视后者为知音，表示服膺和敬重。笔者在《京剧丛谈百年录》里在刘曾复名下注曰："刘曾复教授又名刘俊之，北京人，今年八十三岁，是我国老一辈生理学家之一。他毕业于清华大学，现为首都医科大学医学工程系名誉主任。他业余钻研京剧，为王荣山弟子，会老生戏一百余出，能上台演戏，并精于脸谱、音韵、制曲、身段、把子，均有著述或作品，对京剧史也颇有研究，是一位极为罕见的兼备理论和实践的集大成者。"对于王尔敏教授的这些来鸿，刘曾复教授以一篇详述自己听戏、学戏经历之六千余言作为报答，此文也见于本书。

本书的"大轴戏"为杨绍箕先生所作之跋，他提出"刘氏京剧学"之概念，识者必能会意。杨绍箕先生曾任香港中文大学教职，现居加拿大。他是民国初年新疆督军杨增新的后人。上世纪六七十年代的动荡时期，虽坎坷流落，他仍勉力问学于张伯驹，其后又与笔者同列于刘曾复门墙。在旅居多伦多直至刘曾复先生逝世之前的十年里，他每周定期打国际长途电话到北京刘先生寓所问学，可见向道之诚。此番，绍箕先生以王尔敏十七通信札稿托付于我，期望由华东师范大学出版社出版，因见该社前曾出版《刘曾复说戏剧本集》，足见文化担当云。余即转达该社六点分社负责人倪为国先生，获得支持，冠书名以《京剧书简》，终遂我等纪念两位鸿儒之交谊、弘扬"刘氏京剧学"之愿矣。

应命忝此导读，以报王尔敏教授守护中华文化之情。初稿修订之余，仰对恩师刘曾复先生在天之灵，拳拳之心可鉴，伏案涕零。

丙申年冬至

陆　序

陆宝千

"京戏"有一时期名曰"平剧"。直到现在，我仍然习惯用"平剧"一词。平剧在从前有三处活动的地方，一是都市中的戏园，一是官绅家的戏台，一是乡村中的寺庙。我的故乡是一个濒江小镇，并无官绅，因而亦无戏台，更且并无寺庙。长辈们说，镇北本有一所庙，国民革命军北伐，宣传破除迷信，兵锋所过，庙宇多毁，本镇少年亦闻风破坏神像，庙舍改为公廨。所以我幼年并未见过庙会以及演戏酬神等热闹活动。抗战初期，县镇的海门中学迁到黄海之滨王氏巨绅之宅，我负笈于此，插班初二。某夜远处市集演戏，宛转清扬的青衣唱声，伴着杂而不乱的琴鼓，传到晚自修的教室中，并未引起同学们的注意。只有数学老师黄铭新先生支颐出神,后来对我们批评说:"唱得真好",而我在下面只是"莫名其妙"。初中毕业,晚筵上有位丁姓同学被大众哄起来唱了一段平剧,我也不知道他嘶吼的是什么。高中三年级时转学到南通余西镇的精进中学,开始渐渐受到平剧的薰陶。那时,每当夕阳西下,宿舍中乐声嘈杂,吹口琴的、拉胡琴的、唱歌的、唱戏的,各乐其乐,互不相妨。有位曹同学,不断地高唱"夜半歌声"和"黄河初恋",另一位周飞君,则不断地摇头晃脑唱《武家坡》。我们几个转学生负责欣赏而已。其他同学则此起彼落地和唱着抗战歌曲。记得唱得最多的是《黄海渔民曲》,大约是沈亚威所作,那首歌苍凉沉郁,充分表现了敌后渔民的悲情,确是一首成功的作品。数十年后,回到苏北,再也听不到有人能唱了。学生宿舍的乐声杂噪,表现了国难时期后方青年们的生机抒发,绝无委曲之感。当时精进中学似无钢琴,音乐课程上教唱平剧,由国文老师陈博君先生负责指导。我曾在窗外见他将戏词和简谱写在黑板上,一字一句地慢慢示范,又谆谆地告诫学生不可呆呆地为简谱节拍所拘。据说陈先生是位名票,每学期去北平上大学,路过青岛,登场一二次,演出所得,足付学费而有余。他脸方有棱,上下眼皮甚黑，是北方男儿相，但唱的却是旦角。我初次听他发出女嗓时，脚底起麻，觉得十分不协调。记得教员群中尚有多位喜欢平剧，历史老师曹玉麟先生曾在我们鼓掌下唱过一段须生，吞吐抑扬，悲凉慷慨，我第一次感到男子的声音可以这么美，但并未能了解戏词的内容。来台湾后，就读师范学院，男生宿舍中不如中学时代的乐声洋溢，但仍有人拉京胡、吊嗓子。理化系的林国经几乎每天都拉琴，他恐怕影响室友读书，常独自到大操场的司令台上演奏，后来听说有位国际著名的小提琴家，便是他的公子，原来音乐细胞真能遗传的。理化系另有位陈若天和国文系的胖杨，常常唱戏，若天兄和著国经兄的琴声，一段《苏三起解》，听来真是动人，他嗓音清脆嘹亮，至今思之，不下于顾正秋。胖杨则是唱老生的，他手拿脸盆，口中唱戏。缓缓下楼洗澡的神情，犹在目前。此外，有时晚饭后校园漫步，常可听到七星寮中女生们在度曲，有人能分别哪是乔大姐唱，哪是褚仲妈唱，哪是汪秀珠唱。我则无此本领，不过品味着隔墙而来的青衣花旦声，宛转悠扬，有时亦为神往。教职员中单身者，多在第六宿舍，我常去拜访牟宗三先生，每可听到有人唱须生，噌吰铿锵，如出金石。牟先生说这是体育系的张先生，他唱得不坏。那时师大的大礼堂中，每学期由学生们公演平剧，我似乎不常去，去亦等不到谢幕。回顾在校四年，耳濡平剧既久，不知不觉亦能耳顺了。进入社会后，亲临剧场的机会，屈指可数。顾正秋剧团这么多年的演出，我竟未到永乐戏院一次。但收音机和电视机上的平剧节目，足以使我极视听之娱。自己的嗓子，五音不全，所以从无引吭一快之心，使我不能深入平剧堂奥。

然而我于戏剧的文学一面，则接触甚早，所知较深。初中时得到一本苏渊雷编的《诗词精选》，书中所选作品，由今及古，自冰心、徐志摩、郭沫若、王独清等新诗，上及于《楚辞》《诗经》，凡文学史中的名篇巨作，搜罗几尽。我由是能知道董解元、王实甫、关汉卿、高则诚、汤显祖、洪昇等名字。以后每次赴沪，按图索骥，购阅了整本的《西厢记》《琵琶记》《牡丹亭》《长生殿》等。由于对戏曲文学的爱好，使我在心理上能接受平剧，从而不时浏览《大戏考》，知道平剧的构造与当世名伶。《大戏考》不是文学作品，但它可说是平剧的脚本，性质上是上接元曲传奇的，目前在台湾，看不到此书了。

由上所述，可知我与平剧结缘甚浅，略知皮毛而已。忽然得到王尔敏兄的电话，要我为他的大作《京剧书简》作序,真是不胜惶恐。尔敏兄爱好平剧,我曾见过他的剧照,扮相甚好。亦曾见他在蔡元培馆中面壁高唱,其造诣如何,不敢妄测。现在读了他的大作,才知他于平剧特质了解之切,于平剧前途忧虑之深。读后不能无感。

平剧是写意的表演艺术,各种人格典型以抽象方式显示。牟宗三先生曾说关公代表忠义观念,其庄严的神情气象,非任何电影所能演出。我们当可推论至其他人物上,诸葛亮之智,曹操之能,周瑜之雅,以及林冲、武松、潘金莲、杨延昭、穆桂英、岳飞、梁红玉等诸般个性与人格。在平剧中通过脸谱、服饰、动作、唱白等,活生生地出现在观众面前,而不需要任何布景及声光协助。我曾在电视上看到《白蛇传》中,白娘娘临别时对许仙凄怨的倾诉,不禁泪下。如此"痴情"女子,只能在平剧中有之。有一位乡前辈向我解释为何平剧中的旦角用男性。他说《醉酒》中的春意,哪一位女人愿意当众做出来。所以平剧有独特的表演方式,强烈的感染能力,具最高的艺术价值,可以永存不朽。

从历史发展看来,平剧是一个夭折的剧种。蒋复聪先生告诉我,清代昆剧甚盛,北京的昆剧人才,都来自南方。太平天国之乱,南北交通阻绝,北方的昆曲人才发生断层，皮黄起自民间，易懂易唱，所以代之而起。但是"易懂"的另一面，便是粗俗。至今平剧的曲词和说白，很多不合文法。这需要加以雅化，使能上跻文学之林。所谓"言之不文，则行之不远"，一旦雅化完成，具有独立的文学价值，便可不惧受历史的淘汰。民国初年，罗瘿公、齐如山等曾在这方面努力过，鲁迅加以批评，表示他不懂戏剧的演进趋势。今后从事文艺工作者仍须从此方费心，使平剧完成为真正的艺术品。

平剧所表演的内容，大致可分历史故事和现实生活两种。历史故事包括演义小说、神话、传奇等。这类平剧很少全部演出。每次只能挑择几出，如《借东风》《空城计》《四郎探母》《水帘洞》《林冲夜奔》等。观众必须自己先明了全部故事，否则前后情节不明，听来便索然无味。抗战以前的青年们，大致都已看过《三国演义》《杨家将》《西游记》《水浒传》等章回小说，故欣赏平剧，并无障碍。现在学生们的常识，被拘于教科书中，在知识面上不能通到平剧，所以欠缺欣赏平剧的福分了。表演现实生活的平剧，即是将人生中的悲欢离合，呈现于戏台上，犹如文学中的短篇小说。现在工商社会中的青年，对于过去农村及小市镇的生活，隔阂太甚，故于生旦的身段、说白，不能领会。例如在

《拾玉镯》中,孙小姐纺纱和赶小鸡的动作,青年们未经过男耕女织的生活,便不能体会演员刻画之有趣。

由于社会的激烈工商化,平剧有观众流失的危机,所以尔敏兄在本书中流露此种忧虑。我以为可以从教育方面先作播种之计,例如将中国的旧小说大量卡通化,培养儿童的历史常识。在中学课程内指定若干旧小说为必读之物。在大学内规定中国文学系中以昆曲为必修,懂了昆曲,自然便爱平剧了。将过去的农村市镇的生活各方面,如耕田、播种、纺纱、织布、店铺、客栈、庙会、船夫等三百六十行,都摄成电影,作为社会和地理教材,俾使青年们了解平剧的背景。政府机关可以设立交响乐团,当然亦可设立国剧团。别有一层可喜的,是大量的老人阶层出现,传统的书法、国画、棋艺,逐渐在老人群中复活,则平剧亦可在此群中再度生根,不妨由政府主管老人福利的机关,用心推广。平剧的唱腔舒徐者多,适合老年人抒解情绪。蒋复聪先生说,偶逢伤风感冒,独往后山唱上一段,全身气脉流通,什么病都没了。这也许是平剧的另一功用吧。总之,平剧是一种独特的艺术,其发展的可能性甚大(将工商社会的诸般人物,以平剧形态出现)。尔敏兄正不必为之杞忧也。

以上是我对尔敏兄此书的读后感,当然是外行话,也玷污了尔敏兄的大作。还是让读者们向后展卷,一探此书的精彩内容吧。

陈　序

陈立元

一口气将王教授尔敏兄大作《京剧书简》读完。读后深感作者用功之勤、腹笥之宽，以一史学专家能对京剧钻研如此深邃精到，真使我辈略懂皮毛者汗颜，更何敢说三道四胡乱臧否?! 承作者错爱，坚约涂一序言。我本牙医，专长口腔外科，对京剧仅是一爱好者，既无师承亦无行家指导，完全是自己摸索，野叟暴言，尚请识与不识内外行同好勿以"不通！不通！"罪我。

我生也晚，既未能赶上同光年代京剧之盛世，亦未能赶上清末民初京剧之百花齐放，名角百鸟争鸣。不幸刚赶上八年离乱，市面萧条，学校停办，无奈只好窝在家中猛读家藏之各种通俗小说、传奇故事等等"闲书"。中学时代沉迷于旧式武侠小说。稍长接触一点中外文学艺术,对京剧从未看过,真是作梦都未梦见过!胜利前后看了几回京剧,发现很多京剧故事都由通俗小说改编而来,增加不少兴趣,但还谈不上爱好。就学上海后,看到上演京剧有机关布景,新奇好玩。武侠小说搬上舞台,引起极大兴趣。1949年之后,首次听同学说有一顾剧团长驻台北演出京剧。星期假日有劳军票免费看戏!趋之若鹜,每周报到,才算真正接触到京剧艺术。数十年下来,戏毒日深不能自拔。在书(本)老师及录音派指导下渐次稍窥京剧门径,略通板眼节拍而已,谈不上见解论述。承作者错爱,敝帚不敢自珍,以助识家笑谈。

正如作者所说戏剧乃启源于不同地区、不同族裔原始居民。先民在工作中或农闲后随口哼之自编自唱之小调,目的在解除工作之辛劳,感谢上苍之怜悯与恩赐,祈求来年风调雨顺健康平安。数千年下来,经无数代之改进演变,历代艺工文人之加工编纂,逐渐形成各地不同之戏曲,当然京戏亦为地方戏曲一种。二百多年前有湖北、安徽一些艺人将两种以上地方戏曲揉合塑造成一新剧种带到北京,当时清廷政治败坏,贪污横行,居民受传统旧礼教束缚(如女人不准看戏等),加之新剧种新鲜易懂（较昆曲易懂且易上口），遂为社会各阶层及大小官员所接受，再加之文人雅士推波助澜，乃一发造成同光时期之黄金时代。降至清末民初，前朝遗老遗少、没落王孙胡吹乱捧，一时造成百花齐放、百鸟争鸣，形成京剧新编第一波浪潮。新编剧中古装者有载歌载舞剧、一人独唱剧、小家碧玉戏、豪气千秋武侠剧。时装者有社会新闻、荒诞不经传说、牛鬼蛇神不一而足。随着时代进步，这些新编剧大约能有一半留传下来，其他的都扫入垃圾箱了！

在台湾地区，先为旧剧整理，有不合政策、有伤风化、或迷信残暴庸俗不雅者经整理后可以演出，旧瓶新酒尚不失教忠教孝大原则，后大概受到大陆样板戏之刺激，也来一个大革京剧命，新编剧也来个全场飞舞突出个人之多才多艺，往往连剧中人之身份个性都弄不清楚，更何能谈得上心理变化?！就看《红楼二尤》之尤三姐亦为台湾流行之"钢管舞"满台乱飞，不知她要表现什么！西洋古装上台唱京剧，如"欲望城国"，简直不知所云，虽忍之再忍也未能卒睹！

九十年代后台湾政治环境大变，京剧流入地方剧一脉。迁台老艺人日渐凋零，新剧校毕业者无戏团可演，高不成低不就，只好流入龙虎武师打仔一流。大陆改革开放后得李瑞环氏提倡,勉强维持了十数年,造成京剧之回光返照。人去政息,京剧又转入黑暗时代。如何振衰起敝、造成京剧之文艺复兴,只有寄望于下一代之青年才俊了!

二〇〇五年三月二十八日

杨　　序

杨绍箕

感喟京戏之遭际，先师张丛碧（伯驹）世丈有《小秦王》一阕。其词曰："忍看荆棘卧铜驼，群鸟空呼帝奈何。纵有琵琶弹别怨，胡恩却比汉恩多。"满人亡了大清，却兴了京戏，并发展形成了一个完整的京剧艺术体系。恩师刘俊知（曾复）教授认为，当举谭鑫培、杨小楼、钱金福和陈德霖四位为传承代表人物。

1912年之后，虽然皇权没"命"了，可是环顾宇内，要"革"的"命"还多着呢。于是近百年来，革命而朝野同呼，而文武交化，而隐显并存，而刚柔相济，沓来纷至，应接不暇。人生舞台上剧目之丰富多彩，表演之光怪陆离，顿令京戏黯然失色，不得专美于前。在如此泥沙俱下的滔天巨浪之中，京戏这个小舞台，哪里唱得过那个大舞台呢，灭顶之灾，就不是京剧惯用的虚拟象征，而可能是"奔流到海不复回"的无奈现实了。

"海王星数数冥王，冥想星河无竟疆。文字汉唐才几日，眇余何事哭兴亡。"中国俗文学的京戏，最后与雅文学的文字、书法殊途而同归，则我借先师吴玉如（家琭）函丈的七绝《冥想》以咏叹之，或可不被讥为风马牛不相及吧。

今天，王尔敏教授本史家之学识，用洞达之眼光，怀谦逊之态度，审视辨析了中外戏剧之种种异同，并且各有结论。对京戏而言，我们欲施存优汰劣之力，须有出神入化之工，果真是艺贯中西而非浅尝辄止者，方不敢轻言取舍，亦不会错点鸳鸯，因为即便是细微的改变过程，其中均有局外人不易体会之甘苦在。明乎此，于京剧之振兴（包括改良、改革、改编乃至改创），应该有所启发。

附刊刘曾复教授忆听戏与学戏的文章，内容翔实，涵义深广，对前十三函之李报非轻，尽在为后学研习京剧基本艺术，介绍了一套经验性传承手法。

王教授持稿嘱序，我既不懂京戏，更不懂历史，搦管踌躇,惧为貂续。然谊不敢辞,黾勉成篇。解脱私计,请以"闹场头"视之如何?

二〇〇五年三月廿六日于多伦多

自　序

王尔敏

先前二〇〇五年拙著在台北由兰台出版社印出发行。内容纯为个人与京剧大师刘曾复先生宣述私见求教于老师之通信。原自二〇〇四年以至二〇〇五年出版成一小书。代表一种外行人杂谈京剧，可谓一家曲说，不揣冒昧，在大师面前放言高论，却蒙刘老师优容接纳，多所鼓励。得其俞允，乃竟刊印问世，所收信十三通。刊布之后，数年间又奉呈书信四封，尚妄想续补付印，合成十七信。倾尽腹藏，不过如此。以京剧学问之汪洋湖海，不过只是浪花浮沫而已。

孙中山是我国伟大政治思想家，提说人类生存有六大需要，是即食、衣、住、行、育（生育）、乐（娱乐）六者。上古以来只有墨子具相同思想，但只重前五种，而不重娱乐，故有"非乐"之讲章。相信国人必俱信从中山学说，相信人生在世，无不需要有娱乐。戏剧即娱乐之一种，固亦人生中基本需要矣。

我幼少随长辈听戏、听评书、听宝卷，非自立欠解悟，不足记也。吾感承戏缘，应最早自读初中时算起。音乐老师申绳武先生，温文尔雅，精爽出尘。长于演奏南胡（二胡），所奏婉转悠扬，有似西方小提琴韵律，申先生自言亦能演奏小提琴，但其手边只有国乐之二胡，经其改竹筒为铜筒，音效甚佳。在此更要指出，申老师亦喜爱京剧，特重视梅派唱腔，在讲堂教同学《天女散花》，并发给戏词及简谱。头一句是"悟妙道好一似春梦乍醒"，被同学们伊伊唔唔学唱起来。我则全不入神，但可说是戏缘之始。像申老师那样高水准之京剧修养，所教又是高水准之梅派唱腔，到我们手里除了戏谱几页之外，自然毫无所得。申老师只教一年未再来校，同学只能回想他演奏二胡之醇美醉人，却绝无人记得京戏。（所记是抗战期间在豫东游击区槐店联中之事。）

我在初中毕业后考入家乡本城周口市之联中，读高中部，其时又有音乐老师马季良先生飘逸潇洒，蔼然可亲，颇具丈夫气概，亦擅长演奏二湖，演《寄生草》《病中吟》《三潭印月》，悦耳亦具小提琴声韵。惟在校较久，常谈京剧，且工擅老生唱做，亦讲论《四郎探母》中杨延辉大身段做工，亦曾唱《奇冤案》中刘世昌所唱快板"未曾闻言泪汪汪"，明快悲壮，字字清晰。此段被我默记下来，至老不忘。但我未尝公开唱。马老师并非全宗唱腔，而是多讲一出剧情经过，曾讲说《审头刺汤》故事，讲及每一角色，只唱一段陆炳之一小段老生戏。其余俱是讲戏中故事。不过有这样老师带引，而同学中并无愿跟上学习，主要在生活圈子中，家乡只演河南梆子，占地方主流，戏班甚多，其次是陕西梆子、河北梆子、山东梆子、大调曲子，轮番上演，而京剧只是偶有过境来者，上演实少，个人印象中，我只知喜爱《铁公鸡》全武打戏。说到此处即可确定我是真正外行。

读高中时期，学校因日军入侵，插迁三次。在胜利之后，我毕业于河南睢县高中。已面临国中内战，流浪四年，方始在一九五〇年考入台湾师范学院史地系读书，到此方得生活有定安心读书，那里敢旁务嬉戏。

台湾师范学院，设在台北市和平东路，我以学校为家，户口就在男生宿舍，属于大安区龙池里。我身无长物，囊无分文，只靠学校公费，穿着友朋所赠旧衣。我认为能有读书上进机会，年事比他人为长，应该好好把握机会，用心读书才好。所幸有一天在校园闲走竟然遇到我在河南故乡所就读三个中学的老校长朱纪章先生，连忙进前与他搭话，方知他丢下家人，一人来台，住在好友家中。嘱命我每月到其住处见他，他会给我一百元零用。哎呀，够了，比我每月助学金尚高出数十元，我可以积存一点，方便买书。总之必须全副精神用在读书上。这样方对得起老校长栽培的厚意。

师范学院训导处分设有生活指导组和课外活动组，各设主任一人。课外活动组主任是杨宏煜先生，由英语系讲师身分兼任此一职，业务繁杂多样，有政府专款用在各类学生社团活动，既需管理又需推动各样活动，大抵各类球赛必须举办，又如话剧、歌唱、京戏，各社团既要推动亦须出钱支援，再加暑假到来，大阵仗成队组织劳军团队，可以整日到外地外局劳军表演，此在杨宏煜样样做得有声有色，尤其他和同学亲近，俱像朋友一样。我受他抬爱，每暑期俱要约我参加劳军，我俱加以婉拒，有些额外之外人请客吃饭，他亦拉我陪往，我实顽固笨拙，常负他好意，至今想来很感念他亦很觉疚心。他已在美去世，只好到今写出纪念杨宏煜先生的厚爱。我之所以被训导处先生们重视，一个因素是我在二年级时参加全省社会组论文比赛得第二名，我故变成一个为校争光的学生，这样一再受杨主任长年眷顾，心中实是深自感激。

训导处所支援学生课外活动，要以球类比赛最为频繁。但学生话剧社、京剧社，每年亦要公演一次，且不在寒暑假，而必相当上课期间，但凡排戏演出，亦必使学校开销一批费用，因而剧社各有一定组织，我自无所闻问，只是像京剧社，一逢公演就要在同学中拉些配角凑热闹，其时有位国文系同学谢一民兄，因是河南同乡，就来拉我加入学戏。说来要演一出《龙凤呈祥》（即《甘露寺》），像主角乔国老由国文系老师闵守恒担任，公主孙尚香由高年级学姐褚仲妗担任，刘备由杨承祖同学担任，乔福由理化系学长马志坚担任，贾化由同学刘芳刚担任，却忘记孙权是由谁担任。而其中尚缺太后一角，谢一民兄就派我担任。他自己则必要扮演赵云，因他喜爱靠把武戏，我被拉去鸭子上架，有两场唱戏，尚须在《别宫》一场与孙尚香对唱。自是必须学唱并排练身段台步，唱腔只有数句，尚可胜任。我自是大胆地混在里面演完一出戏。不过要肯定说，此是凑角，不得算是入局，更亦不会入迷。所谓戏缘，亦不可看成自此结缘。

当我大学毕业后，在一九五五年承业师郭廷以夫子召唤，进入台北"中研院"近代史研究所追随他作专业性近代史研究。师门治学，蒙受教诲陶冶，岂不感念造就生成之恩。吾之学问造诣，等身著述，俱得业师郭夫子引领而有今日之业绩也。

"中研院"是超然学术机构，各研究所自成重镇。但在中枢有一个总办事处，而领导人朱家骅先生抱负远大，气度恢宏，尊重各门独立研究，佐理院务之总干事周鸿经先生乃名数学家、前中央大学校长，视全院如一家庭，关心同仁院中清苦生活，自总办事处起，在经费中拨款推动一些康乐活动，重点在为同仁放映电影，后又扩大至打桥牌、下象棋，更进而组成一个小型京剧社。我自加入京剧社，我之戏缘当亦自此而启步。

"中研院"京剧社，以历史语言研究所加入人才最多，名票友有杨希枚先生工老生并能拉胡琴。杨先生乃是考古学名家，精于上古史及古代传说研究。又有吴缉华先生，以上古年代学早负盛名，大陆学者颇加重引，而其后研究明史，著有明代运河之书，为院士刘大中推重。吴先生则擅唱程派青衣戏。历史语言所又有龙宇纯先生，精于国学文字学研究，而他则是著名京剧老生票友，经常登台献演，所熟之剧甚多。又有汪和宗先生，属于事务工作资深人员，擅长老生戏。又有稍后来院之李学智先生，乃清史名家，爱唱花脸戏，又有后来到院之茅泽霖先生，懂戏很多而专唱花脸戏，他最后转到总办事处工作。又有最晚来之周宗瑶先生，喜唱老生戏，亦任事务工作。看来历史语言所是人才济济，构成京剧社主体阵容。

我之始结戏缘，是得历史语言所杨希枚先生汲引鼓励，他在空闲之余，拉胡琴教我唱老生戏，承他所教之戏小段子不过十来出，后来近代史所同事王萍女士将其父母一起搬到研究院宿舍居住，原来其老太爷王英奇先生自少将空军财务署长退休，并是著名老生票友，多富登台经验，至此加入研究院京剧社。我之加入京剧社则在其后。大体上每星期必有一晚聚会清唱，约聘一位打鼓佬叫刘铭枢先生，又从近邻台湾肥料六厂人员茅重衡先生、王震先生、王深运先生参与协助，由茅重衡先生专拉胡琴，琴艺高超，亦是一方有名。我到社之后，与之交契最深。他又是茅泽霖先生胞弟，故能纯义务相助。

我之学戏非尽得自于杨希枚先生传授，盖晚间备有收音机，常听电台播放，另外购一架电动唱机，乃亲购老生唱片反复细听而得学各样唱段。一般从唱机聆听学习应最有效，配合胡琴清唱则最能圆熟。平时自必赶每周晚上之社中聚会，而能正轨练唱，实是收益不浅。

京剧社经常定期活动，往往必有来宾造访，自可得以观摩。对我本非重要，但一逢院士会议，由美国前来的杨联陞先生就必来相聚，我拜识之后，颇受其指教。吴缉华先生在美与之相处甚久，相告我等杨先生曾自言能演全本之戏不下四十出，而他自专工老生，特别是言派。杨先生晚会中听了我所唱言派戏《让徐州》，他在事后交谈时候，认为我的嗓子应能学唱余派唱腔（即名老生余叔岩唱腔），不适合唱言派（即言菊朋唱腔）。其言最具指导性，亦是经验之谈。杨先生自言他有老友刘曾复先生是清华同学，专长余派唱腔，会戏甚多，乃是此中名家。但其久居北京，不能外出，自是无法向其学习。但是此一讯息，对我亦至紧要，故而久蓄胸臆，以盼有机缘得到刘先生教导。事实上自杨联陞先生教导之后，我即决定改弦易辙，一心学习余派。大体而言，我之学习功力是在"中研院"二十余年间打定一个基础。我须感谢杨希枚先生、杨联陞先生的教导引路，并感谢茅重衡老友的耐心操琴，以及深厚友爱。我已是打定了一点个人唱腔路子，亦具备一点累积之功力。

我平日无论是在校读书以至进入研究机关，专心读书尚感时间不够，一人离家在外，若只唱戏，怎能对得起上有老母在乡悬念？是以学戏并不能深入，唱戏亦难求精美。实是用心不专，未尝着迷，虽常至票社，终是难追他人，跟着混混时间而已，每周只有一次晚间聚会，却不敢缺席。

我亦有时外出看戏看电影，亦俱用心不深。如今能记起者是胡少安、哈元章、周正荣、李金棠、叶复润、吴兴国等人之老生戏，看过高德松、孙元坡、陈元正、袁玉鸿、张慧川、王海波等人之花脸戏，又有周金福、于金骅、王正廉、吴剑虹、杜匡稷等之丑角戏。看过徐露、郭小庄、严兰静、古爱莲、张安平、姜竹华、魏海敏等人之旦角戏。我是造诣不深，眼光狭隘，全无品评把握，看戏而已。虽然爱戏，决不追风气，只能保持一点阅历。

我在台湾长倚师门从事学术工作，二十年间稍见知于士林，乃于1977年受聘赴香港中文大学任教，完全换一环境，任重在教学与研究，工刀未稍松懈。教书之外，时有论文发表，除原具有之军事史、思想史、工业史专长之外，又开拓社会文化史、外交史两领域。再加参与学术会议，须提论文，在治学一门，更见责任加重，工作繁忙。惟香港为世界交通十字路，又已进至三大金融市场之一（与伦敦、纽约分掌全球金融出入升降之机运），除商务争逐，瞬息万变，各类人才穿梭亦如过江之鲫，吾有幸当此时会，神领心会，深感太陋太土，所知太少，怎可不倍加努力。教学研究之外，终不免在大环境中不期然承其牵引，不能不一一因应。当然无法在此俱予写出，而以文化交流亦不能尽举，在此只可约略附叙有关音乐戏剧者，提示若干，似应合乎本文宗旨。

既在中文大学生活，教学研究之外，有不少类项之活动，要选择参与。比如听讲演、主持讲演，为数甚多，不需引入此文，又如相关来宾迎送餐会，校董餐会，不可不到，亦无须提论。而只音乐戏剧活动不是很多，我所参与者势不免要谈些阅历。如"中研院"民族所庄本立先生是排箫名家，曾到中大演吹古代之埙，乃中华民族中最早乐器，听他又讲又吹，很是受益。又如台湾"汉唐乐府"，是由陈美娥女士率领，一个演奏团队，以完全踵行古制表达乐韵，其拍板节奏，系双手持檀板合拍，弹奏琵琶系仿唐代坐部伎，横抱琵琶弹拨，与今世直抱弹拨者大不相同。盖台湾保存"南管"乐风，千载以来传承古制。陈美娥一女流之坚毅信持，令人钦佩。此外又有大陆上大阵仗团队到中大演奏中国乐器，由刘德海先生率领，并主导全场，他是著名琵琶高手，由他一人独奏《十面埋伏》，又有二胡名家演奏，其乐队中最令人印象深刻者是打击乐器，由二人合奏大铙钹，特别引人注意者是表演两只大鹅在山坡扑打嬉戏，一路下滑至山脚，用打击造出活动声情，其他大小铙钹合奏之音响尚多，不及一一载叙。

现在可谈到戏剧问题，与中文大学拉上关系的戏剧，要分两个层次，其一是难度最大，要特别出自上层运用手法始能做到之所谓邀请来访，中文大学多年来仅有两次，相对其背后运作少人知道。一次是由新亚书院出面邀请（无关大学当局），邀请到北京李慕良琴师到新亚留住访问大约一个月，自然必是由院长金耀基先生大力促成。此事做得谨慎，未尝向大学全面推广，我故始终未见过李慕良先生，有何活动，亦完全不知。第二件大事是邀请大陆名小生俞振飞来校访问，并作公开讲演，其事由台湾"中国文化研究所"所长陈方正先生为主推动，推向全校，陈所长出面主请俞振飞夫妇吃午饭，备有洋酒但是中餐，此席宴会请到校长马临、院长金耀基、新闻系教授郑惠和，外宾有女作家叶灵凤之女，不知其名，而鄙人亦为陪客之一，深感陈所长之礼重。

俞振飞讲演对外开放，来客不少，吾友名小生王恭甫先生亦来与会，但俞氏所讲"四功五法"传之报章，在场听来，不过老生常谈，凡学剧艺无不熟知，但俞氏带来一批有乐谱之唱腔集，则由校中同仁小生名家郑惠和博士代为分送爱好者，我得一册，真不容易。

第二个层面的情况十分简易平常。八十年代以后，大陆到港公演的京剧团不断涌来，有些演戏艺人也会到中文大学造访，大抵是以新亚书院为东主，或茶或饭局，俱是由院长金耀基先生接待。在此无法细举所来人士。每次不过三五个重要演员到访，鄙人亦决不可能一一见到，故只略叙如此。不过有两次具有特色的来访，我是亲身与会，可以一提。其一是湖北省汉剧到港公演，有三四位男女名角到中大音乐系来访，相传在汉剧界声名高如京剧界之梅兰芳者，系陈伯华女士。我与数位同仁到场相见，陈女士果然名家，谈吐不凡，大方坦白，谦虚和蔼，令人敬服。如此艺人自有其精深造诣，我观赏了她登台所演《宇宙锋》，自有特色，不同于京剧梅派。（京剧《宇宙锋》我看过徐露所演）其二，是台北郭小庄率领雅音小集，于1988年到港公演，并先到访中大新亚书院，院长金耀基隆重大举接待，新亚教职，精锐尽出，并招我辈幸列客席，盛宴不下七八桌，宾主尽欢。郭小庄颇受宠遇，席间宣布大批赠送各场票券，所演戏码为《红娘》及《王魁负桂英》，我分到每场票券数张，乃带着北京来访的奚派老生名家欧阳中石一同到场观赏，欧阳先生十分赞赏所演之《红娘》，以为情节高雅有趣，表演精妙不俗。吾亦有此领会。郭小庄到港演出，自是成功。

中文大学除新亚书院具文化使命感，颇能爱护京剧，而大学当局则并不鼓励。决不可能设立京剧社，亦绝无资金提供。事实上又加爱好京剧者少，爱唱粤剧者多，格格不入，学校同仁，只有前辈蔡思果先生会唱老生也拉胡琴，此外爱好者有郑惠和先生唱小生，史怡中先生唱老生，陈化玲女士唱青衣，鲍运生先生唱老生。另有爱好欣赏而不唱者有袁鹤翔先生、刘述先先生。尚有一位极重要之女士是王节如女士，她也是陈之藩教授夫人。王节如女士最熟悉京剧，老牌子票友，与大陆名演员多有来往。她大力鼓吹推动，各人凑一点钱，也未能成立剧社，亦无法常作聚会。

现在要落实一论我个人在香港圈子的拜会前修名家，求教与观摩机缘，可以说更开眼界，大有增长。在港期间有缘拜识国画大师曾后希先生，曾先生擅演小生亦工老生，特其琴艺精绝，凡聚会必亲自操琴，他所组票社，我不敢造访，只在私人相会时他愿为我操琴，我之能戏就只有《状元谱》《战樊城》《捉放曹》《空城计》和《搜孤救孤》。我保有他为我念《空城计》引子，也有他操琴我所唱《状元谱》。在港见面甚多，承他厚爱，教导我不少要诀。曾大师之外我又拜识了司子芸老先生，是山东人，工唱老生，承他教我《战太平》全本戏，又教我《定军山》三个唱段。当年余英时先生受邀来中文大学作二十五周年纪念讲演，文化所所长陈方正先生请吃晚饭，席间陪客有金耀基先生、饶宗颐先生，并尚有他人，而我亦列席共餐，须知余英时是懂戏之人，谈饮之际有人建议我唱一段助兴，我就选唱《定军山》中一段二六唱腔，不过两分钟唱一段，自信我能博得识家监赏。其实陈方正所长有多次请客机会席间邀我唱戏助兴，不下有三次吃饭场合，当然很感谢陈所长之特爱。

此外我又拜识女老生泰斗吴玉麟女士，她必来中大与我们一起唱，同时又结识谷秋源老先生，专拉胡琴，我是尊称吴女士为老师，承她提点我《搜孤救孤》《探母见娘》等唱腔。对于用腔运嗓，她俱有指点。此外又拜识名小生王恭甫老前辈，他亦常来中文大学相会，对我很鼓励很爱护。又拜识到名琴师曾世骏先生，他是专工程派青衣戏操琴，而亦为我唱老生戏操琴。

我并不走串票社，但多与郑惠和先与校外好友戴行济先生、王寿都先生到香港岛约地聚会，由戴行济先生操琴，经常相聚。首先不期然有自台湾来会之著名麒派名票老生毛家华先生来，他在台北公演唱《四进士》我到现场观赏。此戏不在唱工，而有繁重道白做表。非有功力，不能上台，彼来见仍唱《四进士》，叙旧甚欢。

又一次不期然有自美国来港之著名老生票友大名鼎鼎的寒山楼主邹伟成（笔名苇澄）先生。他是少有之全能票友，多才多艺，能演能导、能写、能画，读其著作，便知功力深厚。我到晚年在海外方知其造诣之高，见其书，方见真章。所绘京戏图出自心创，张张精彩。当年在港我那里知道见到高人？

我在香港十余年，风会所趋，能邂逅不少贤豪俊杰，而唱戏名家自是较居少数，心下自钟意于老生，尤其更倾心于余派老生。事有凑巧，有自大陆来港任语言教师之杨绍箕先生，来香港，他比我小十多岁，但因早年长期追随张伯驹先生，是全国著名余派老生票友，承杨先生同事好意，为我录得张伯驹之《摘缨会》，刘曾复余派大家之《法门寺》《珠帘寨》《秦琼卖马》《辕门斩子》以及《连营寨》。又由他为我说戏录成《空城计》《捉放曹》《定军山》《战太平》京剧，他是我所遇第三位杨先生（前有杨联陞、杨希枚），可说对我的余派唱腔有极大帮助，丰富了我的老生唱腔内涵，使我称心满意得很。

中文大学自是包罗文学院、理学院、社会科学院以及医学院诸多学系，并各有院长系主任。而原来背景渊源则保留新亚书院、崇基书院、联合书院三个各具人员教职之自保学校分区，人员分属之自主性学院，都各有院长主政，人员亦确实分别不同学院。譬如我们历史系人员只有一个系主任，而教职则分不同学院，只有彼此在系务教学上相会议相见面，平日则各人自居其所属学院。我是属于联合书院，与崇基书院并无来往，同事见面亦只有系务教学之会议相见。由于系主任在新亚书院，是钱穆大弟子孙国栋先生，恂恂儒者，正人君子。但除开会很少相见，不过联合书院教职在同一楼上班，即使不同系，相见亦很多。例如余光中先生在中文系，但在同楼办公，平时容易相见。同楼有一处宽大会客室，平时可天天来坐，我是常来，故与联合书院同仁像是一家。我初到中大，联合院长是薛寿生并无任何接触,他转升他处,由陈天机教授接任院长,性格开朗爽快,待人亲切,与同仁相处融洽。其夫人是江太史之孙女,精于烹调美点,每每会合同院夫人们烹饪美点招全体同仁享用。除此热情之外,陈院长夫妇亦轮序邀院中同仁各别至其府上享用陈夫人美食,我自不忘携内人承其邀约到其宿舍用饭,席间只有我们两对夫妻,陈院长亲切相待,我自铭感其厚爱。

我以上大幅费辞,识者勿罪,盖要一述在八七、八八年间在公务申请陈院长及院方学术交流基金,达成邀请北京欧阳中石先生到访中大三个半月而得以成功之事。

原来欧阳中石先生以书法名家身份到香港展览书艺,在一晚间与我中大同仁郑惠和、陈化玲与我三人在九龙陈化玲家相见,欧阳先生表露其精妙的老生唱腔,使我启念要想法邀请他来中大访问。欧阳此来亦与中大毫无关涉,我在中大只是教书,哪里有门路设法邀请北京学者来访?背景是自一九八四年我承文化研究所郑德坤所长嘱命,连年编成盛宣怀家藏文献,有一套九大册之《近代名人手札真迹》,已由中大出版社刊布。在校颇具一点声名,当然我仍正在编纂及刊印盛氏文献,俱出校方委托,我只是义务承担,并不会接受校方任何金钱给予。但我之工作一定须由校方代雇一位助理，已用了一位大陆来港之葛太太，此外则仅有文具纸张影印资料由文化所开支。即在中大出版社所印之九大册书，其刊印资金尚是郑德坤所长自新加坡李氏基金捐来六十万元，郑所长直接拨给出版社，我亦毫不能过问。我初步思考，邀请一位书法家，会同助我处理盛宣怀文献，理由是可站得住，要向文化所提议，此路是走不通。我只有想到向联合书院提出申请，但事先要与欧阳中石联络，此事顶真，必须借重他书法家专长，来此相助编辑工作。此亦不可向院长扯谎，邀约来助，是契约行为，亦不可参假，我提出邀请，我要负责。与欧阳先生说明来此要真的做盛宣怀文献工作，有上班时间，但凡周末晚间自行作个人活动。我当然已知道欧阳先生是老生名票，我决没有权没有本领提议邀请一位京剧名家来校，自必事先俱能清楚明白。可幸拙呈提议，得到联合书院通过，照我的要求邀请欧阳先生到访联合书院三月，后来又申请延半个月。书院院方并拨出"联合苑"住房一间并具厨间及卫生设备。在此特别表示感谢陈天机院长厚爱与宠重。

欧阳先生书艺循从名家吴玉如风格，来联合立即作公开之书墨书写，连讲述带挥毫，为同人们一一赠其书艺一幅。又在学院公开讲演京剧艺术，又在音乐系讲演京剧唱法。而主要工作则须在上班时间到我办公室做文献编纂。不久他就要求把卷轴带回宿舍做，不来我研究室，后来又见到由书院邀请来的一位暨南大学的老广，他与欧阳先生各有自己卧房却公用客厅，俱是联合苑住客，此老广不做别事，天天在客厅看电视。欧阳先生问他所做何事，他回告来此无事可做，天天闲散。欧阳先生来告我此情，意思是表示他来此要为我工作，而别的邀请来者有那么轻松，颇有不平之意。哎呀！我是未作一言回答，以免使他受不了。到今数十年后亦觉不回答为是。只是使我对欧阳先生十分失望。他如此眼皮浅，我也不计较。但今时垂暮之年，得有一交代。这位老广来访已有三次，不提他名字，他今尚健在，初次即来联合书院，见面一谈即知腹笥空空是草包，也写了一本小书谈一个人物，不过百页。并无其他可言之著作，亦向来无人安排讲演，他有办法一再来访，自有管道，我亦不知。每次都是轻闲得很，惟向来亦决不能久住，书院请人不多，一年不出二三人，一般是留住一星期，提供食宿而已。多人必作一次讲演，此后则可免疫。乃真有背景，中大三个书院每年只有短期来往客，通常必作讲演，各院亦只有极少量客房，同时能住三人者不多。欧阳先生意在与此人看齐，那太降低身份了。须知能来一住三个月者，各院俱无，只有我此次邀到欧阳先生可住三个半月。此时香港尚未回归，能有哪一个院长敢请一位先生来住三月天天看电视清闲？谁有这样胆量气魄，那个老广能住三个月悠哉清闲吗？欧阳先生向我陈诉，应非抱不平、求解脱。我与他萍水相接，只见一面，就正式向联合书院作要求申请他来，乃是一片苦心，他却向我作此申诉，令我真是失望。那位老广有办法，一心想留在香港，终于跑了无数趟之后，被他找到一所私立学院当了老师，得以居港入籍。此所私校尚是有钱，但请人极少，先请来退休多年的李定一教授，后来李先生离去，方才把这人弄进去。我与李定一先生一直交好，我亦尊重他，他原是在中文大学前辈，到私校很容易，但这位老广决不容易，未料他本领奇大，竟被钻进去，直到其年老退休。略作追述，供后人参考。

现在说到京戏，欧阳中石先生是北京著名奚派老生，是宗奉奚啸伯为师，而演唱奚氏熟戏及唱腔者。他居中大期间晚间及假日自有约会活动，我未尝一次作陪。在校暇时亦与我谈戏。他与北京刘曾复先生相熟。也有学刘之两出戏：《法门寺》及《秦琼卖马》。把录音带送我，他并为我录全本《失·空·斩》，附有解说。我自俱加重视并学习。欧阳先生亦为我录下五六卷奚派戏唱段，整本者有《伐东吴》《连营寨》《白帝城》，又有全本之奚派一家之戏《范进中举》。此外又为我录一些各戏唱段。有《定军山》《法门寺》（专门奚派唱腔）《宝莲灯》《上天台》《安车平五路》《七星灯》《甘露寺》《南天门》等短段子。合计不下十卷。其实我绝对不喜唱奚派戏，后来将其所录奚派唱腔，在加拿大全送给喜唱奚戏之朋友，当有六卷之多。我只保留《空城计》及一些短段之戏，不过四五卷。感怀欧阳先生给我说戏，我自不会忘怀。

我于一九八九年自中大退休返回台北。因芳邻郭嬷嬷（李瑞华女士）介绍加入她们票房，有老师张大龙先生操琴，另有一位黄老师，而票友则李瑞华之外仅有王东明女士、段镜吾女士，连我一共四人。王东明女士今已百岁，身体健朗。她乃是国学大师王国维先生之亲女儿。有缘在她住处练唱，到此，我据张老师名大龙，将此票社定名为"九五票社"，我十年前离台，后仍保持联系，电话交谈，聚面极少。

时到二十一世纪，我在二〇〇一年决定到加拿大定居，携夫人周氏到多伦多倚靠儿女，此期在北约克买房于柳谷（Willowdale），乃以寒舍定名为"柳谷草堂"。

垂老暮年，以此为一最后归宿。次年结识久居加国之王介生先生，原自台湾省财政厅退休，阆第住多伦多。家仍清苦而能得温饱，实为少见之循吏，夫妇热情待人，一见如故。介生先生年长于我，喜为京剧操琴，承其引介，得以加入多伦多京剧社。我即在二〇〇二年每周参与聚会。介生兄友爱至深，很诚恳邀我到其府上唱戏，使我甚感宠遇。尤令我得以磨练余派唱腔，可惜的是介生夫妇于二〇〇六年移居温哥华，不久夫人逝世，数年后介生亦积忧病故，如此善良好人，不能永寿，实深惋惜。吾则不忘旧谊，时加怀念。

我自二〇〇二年加入多伦多京剧社，于今已有十年。在此中结识了许多朋友，要以创社元老柯亭及陈立元两先生为我所敬佩，他二人每场必到，把会中同仁看成一家人。立元乃吾河南乡长，相处友谊深厚，平日无话不谈。他熟戏甚多，超我十倍，小地方指教，使我得益不浅。他亦擅长老生戏，柯老则在五十年前已是在香港唱小生名家。为剧社操琴者原先为王介生先生，又有黄天骐先生、费叔明先生。黄先生与我年岁相若，于我唱腔多所教正，并偶至舍下操琴，并叙话，我实多向其请教。会友中尚有三位老生大家，交契不浅。有张根初先生、沙振元先生和李春海先生。

女会员中有李芳菲大姐（工老旦戏）、熊大姐、刘大姐（二人唱青衣戏），又有程派青衣名家陈其昌先生，梅派青衣冯国征先生。此外又有唱花脸之葛云山教授（是鱼类研究教授），又有高嗓老生章天锡，嗓音高亢醇美，有不少拿手戏《战太平》《连营寨》《奇冤报》，俱有很精绝造诣。最近又有由北京移民来加入票社之朱学敏先生，擅长老生戏，我与之很有交契（彼来加三次，方在今年定居，乃我高中同学南岳之好友）。

我之生平戏缘，一直只是浮泛浅薄，本业只是教学研究，哪敢放松自己迷上唱戏，虽不忘随时求教高明之家，而在生活中只是旁衬，业余公余，友余亲余，游余息余之外方能乘隙学戏，未下深功，焉能有进，可说到退休之前，决不能自信是能唱之人。内心当有自知之明，及至退休数年习惯海外隐居生活，来到多伦多京剧社常串票房，至此才算学戏上路，最感幸运与兴奋者，乃是昔年在香港交到大陆朋友陈东林先生，承他热心代我访到北京刘曾复先生，首先一次由陈东林先生转寄我台北住所有卡式录音带六卷，再加上在港同事杨绍箕先生代我录到刘老之两卷录音带，乃使我到加之后，认真学习曾复先生之余派唱腔真传，有

《法门寺》《珠帘寨》《连营寨》《秦琼卖马》及《硃砂痣》计五出戏。我俱用心学会，反复习唱，未曾电告曾复老师，到此晚年，我才算是追随唱家之后的后学一员。继后我又收到刘曾复老师托杨绍箕先生亲自带来他先时唱腔录音有十卷，我已持有他之唱带有十八卷之多，当然也有重复者，但不甚多。可惜我不过只学了五出，我到票社唱戏已能信心满满，到此才可称得上具票友资格。

我的胆子越来越大，竟敢在二〇〇四年至二〇〇九年间，上书刘曾复老师，大谈戏剧问题，全部有十七通之数。初版有十三段刊布，今增补后来之四通。将此一来向刘老师请教，二来直抒所见，坦率表达拙见，幸得刘老师不见怪，又多予鼓励，实深感念他老先生厚爱。刘老师于今年（二〇一二）六月二十七日晨七时二十五分病逝北京，当天其孙婿江其虎先生电话告知，至感哀痛伤惜，一代京剧大师，生平阅历京剧黄金时代，能唱失传之戏不下百种，复能熟论前代生、旦、净、丑各行之演艺精华，著有精研之书：《京剧新序》及《京剧说苑》二书传世，有功于国学，有功于剧艺，有功于文化传承，实是不朽贡献。今以九九高龄仙逝，学界失一导师，艺界熄一明灯，真是国宝沉埋，哲人斯萎。文化同道应俱低徊哀悼。

二〇一二年八月三十一日写于

多伦多之柳谷草堂

第一信　京剧有其重要价值

曾复教授吾师：

在此我得首先肯定中国戏剧的特殊性。以便了解作比较基础。这里不暇重述元明清以来戏剧的发展历史，自亦不能集合所有不同剧种辨其微细差异。但可以一书中国戏剧之特点，有其共通性：

第一，俱创生自于乡村市镇的平民社会。演员和平民距离密近。

第二，历经数百年的反复表演，形成一种演员与观众能充分沟通的象征表演方法。这代表艺术的加强和文化水准提升。这也正是中国戏剧精华所在。这个特色难能而可贵，比之西方的写实完全不同。虚实之间，要看艺术表现，其中学问甚大。

第三，不能使用任何具像布景，否则是画蛇添足。须知一切崇山峻岭，江河湖海，高楼巨厦，寒村茅舍，是全在一张舞台中心的氍毹（是单色地毯）之上。绝不可能作实物配景。质言之，所有故事要在一个戏台上表演。你去看戏，明白知道这是舞台，你也知道是看表演唱做。你自不能要求写实。反正神仙驾云也上不了天。中国戏要用一切象征演出人间悲欢离合，自然也俱解决了任何困难之点。

第四，中国戏剧创生在农业社会，人民贫苦不富，出赀少，经营难。草台简陋，仅避风雨。庙宇会馆中的戏楼固较完善，但也并不宏敞宽大。只是表演能有较好效果。由于观众与剧团均不是很富裕，自然无法作巨大投资。势不能每场都能摆出豪华布景。戏装道具必须反复使用，只有象征表演，才可以节省这些麻烦，观众并不苛求。

第五，中国戏剧的最大特色在"文武场"，即 music band，不是 orchestra。不是指挥演员，而是跟着演员唱做随时变化。打鼓佬只能指挥"文武场"，其最大功能是要配合演员演唱动作，随之变化。换句话说，是指挥跟从演员，不是演员听从指挥。如此可使演员有充分发挥才艺的自由，每人都可创造精深绝诣。这是中国戏剧特色，也是优点。

以上五点，只是简单提示，不能周全，但可供为谈资。若有机会我将再就重点向您讨教，在此可表述一点有关写实的经验，先作参考。我的看法是西方戏剧未必尽然做到写实，也都是点到为止，观众都能会心。像《卡门》这个名歌剧，演出机会最多。像男主角和斗牛士斗剑一场，当然真牛假牛不会出现，布景只有一个斗牛场大门。斗牛士从大门出来两人就以利剑交锋。卡门站在一旁静观。虽然是刀光剑影，纵跃进退，决不是乱杀乱砍。而是有音乐节奏，一个音符也不放过。最后斗牛士被一剑刺死。未见一剑穿胸，衣服也未划破，也没有血如涌泉，一滴血也未见。台下观众会心，西方规矩剧终鼓掌，没有抗议。他们知道面对的是舞台，观看的是演戏。绝没有精神错乱，要求写实。

自从西洋发明了电影，没有舞台空间限制，海战空战，山岭湖海俱可实地利用。城寨宫殿，街衢市井，亦并展现真实。我看了电影之后，确信也不能完全写实。举一个名剧《埃及艳后》，主角是伊莉莎白·泰勒、理查德·伯顿、雷克斯·哈里森三人分饰埃及艳后、安东尼和凯撒。有一组镜头值得细究，就是凯撒初进埃及宫殿,住进一个内宫卧房,却有一个预设的小孔,有艳后躲在后面偷窥。导演精心安排,要她窥见凯撒不使人知的秘密,就是他在此卧房癫痫症发作。聪明的观众应该知道癫痫症发作是什么情景。我见过是一头栽地、口吐白沫、嘴歪眼邪、四肢抽搐。你看雷克斯·哈里森如何表演凯撒发癫痫症。他并未倒地,只是胸腰猛挺几下,屁股跟着猛摇,大吼三声,就算交代过去。观众能看出这是癫痫病吗?弄不懂还以为是害疝气痛呢!我举此例是要国人莫要误信西洋戏剧都是写实。以上浅见,敬请指教。

晚王尔敏
二〇〇四年七月十九日

第二信　京剧之特质须能充分把握

曾复老师道鉴：

无论中西，戏剧的共通特性就是夸张表达。京剧自不能免。由于必须夸张，戏剧表达剧情，必须不断有高低起伏，迂回跌宕。决不能一路平直无所转折，自亦丧失戏剧特质。

戏剧是人们感情变化成为艺术表演的成品。既是感情的表现，必以吸引观众、打动人心为宗旨。如做不到即是失败。既要吸引观众，必须使用一切渲染手法，中外各剧种不同，各有其独到表演绝诣。中外文化背景不同，故决不能彼此乱改乱套。夸张与渲染是戏剧特质和特权，演员天才造诣，全具充分空间，得到发挥，能够登峰造极。无论国内国外，各不同性质、不同语言、不同背景、不同表达、不同剧情，而要求艺术造诣却是宗旨相同。

我们要谈京剧艺术，国人须先要抱定自信，并先肯定京剧有何特质，可以把握发挥。虽然如此，无论中外不同剧种，均必须各循其自身的文化传统、生活习惯、历史背景，特别是戏剧本身的特殊功能，也就是特性。不可违背，不能反动。如果强加改造，会使之退化没落以至于消亡。

在此略举京剧特质要项，不加深入解释，容易看清了解。

第一，发展历史悠久，有近千年的经历，是经过千锤百炼而于今世百年达最高造诣。

第二，起于庶民大众创造，而为士大夫接受。

第三，最重要，中国戏剧是全般毕具，包括唱、白、做、打，以至附加特技。须齐全包罗。（若与西方歌剧、芭蕾相比，具见其是全能戏剧。）

第四，象征手法最为精要突出，是最具智慧、经验之表演手法。

第五，乐队简单，但可紧密配合表演一丝不苟。

第六，决不可配任何布景，尽走多余。

第七，服装道具反复使用，节省用费。

第八，最重要，全戏之演出，以演员为重心为主导。（与歌剧、芭蕾来比，他们是以音乐为重心，以指挥为主导。）

朋友须知一种艺术定须与人不同，这八个特质要点，必须把握。不能羡慕洋剧舍己求人，决不能乱加乱套，徒增其丑。

关于戏剧改良，当另外详说，在此则就中国戏剧特质略作点明，就教于曾复先生及海内外方家。

戏剧内行人，讲起来京戏，是把演员要求放在首位，这是传统，不是后世特别强调。自与歌剧（opera）、芭蕾（ballet）大不相同。歌剧、芭蕾是把音乐放在首要，演员虽是诠释音乐，但得绝对服从指挥，不能稍离音符，动作、唱词不能有任何增减。剧场开演要完全跟着指挥棒唱做舞蹈。庞大的管弦乐团（orchestra）而不称乐队（music band）。是以在表演而言，连歌剧和芭蕾均不及京剧是包罗完全。西方只称歌剧是opera，其他剧种均不得称opera。故西方人翻译中国戏剧，多译称theater。向来不见其用opera来称中国戏。但称Chinese theater。极少人会翻成Chinese Opera。（请参阅拙编《中国文献西译书目》）你必须肯定相信，中西戏剧各据重点，各有特长。我们用不着自卑，且当自信自傲。因为在表演的能力而言，中方大大超越西方。其重要特点是中国戏是以演员为中心，每位演员各自精湛艺术俱能自由发挥。没有音乐限制他，没有指挥约束他。

无论资本开支，或场地使用，中国戏剧组织（不指不计工本的特别演出，自有政府付钱）场地可以豪华，也可以简陋，演员要吃饭生活，观众能付多少钱，是早有百年算计。豪华谁都想，只是付不起。因是服装、道具、场地，俱不能豪阔，若果大手笔一掷百万，那是政府出钱，岂是长久之计？岂能推广京剧？戏剧乃国民娱乐生活一部分，必须天天演出，到处演出，方是这一国的文化资产，民力与国情是根本依据。均不能使演员饱一天饿十天，这门娱乐会自然消亡，难于存世。

根本大症结大困难在此处暂且不谈。仍须在京剧特质多说清楚。但凡老伶工老戏篓，最惯讲求演员艺术根基的"四功五法"。"四功"就是"唱、念、做、打"。"五法"就是"手、眼、身、法、步"。这全要下苦功专门训练，要付出心力血汗。任何高明票友，都不及专工演员十分之一。这自然必须是专业性，要有基本功力。票友被捧，莫以为真了不起，要真能知道演员的造诣有其难能可贵之处，若果是杰出演员，造诣自更能睥睨同班，创立门派。百人之中难得其一，因是我们局外人才应对专业演员抱持宠任垂青与捧场喝彩。关于单谈"四功五法"，尚有必要，将来再详谈。

拙见以为中国戏剧要立意求俗入俗，不能刻意求雅。正是所谓曲弥高和弥寡。当然多数主张雅俗共赏，却是难立界线，难见标准。我认为只要不俗，就算上等好戏。举例说谭富英唱《四郎探母》，唱起来就像说话，周信芳唱赵五娘，唱起来也像说话。这是入俗。有一位很有功力的青年演员，专唱高难度唱腔，又喜唱新编之戏。我自听不懂，他人也难懂，谁也没加深印象，使他白费心机。我看京剧特色应以入俗为要领。当然其艺术表现亦必不脱醇美优雅，亦不至粗鄙下流。这全在于演员的修养造诣。

就唱、念、做、打综合表演而言，最好的例子可举《昭君出塞》。须知《昭君》和《昭君出塞》两剧目，早在二十世纪二十年代已有西文翻译。当是具有中国代表性的名剧。它的来源是本自于元代大曲家马致远的《汉宫秋》。《汉宫秋》也有西文翻译三种，这当是流传数百年的老戏。京剧演来，演员在台湾扮演者是三人，即昭君及胞弟和马童，马童不知为谁，而昭君及弟则看过顾正秋、周金福所演和严兰静、杜匡稷所演,大致相同。北京演员所见两次俱只有昭君和马童二人。但演来无不精彩绝伦,动作繁复紧凑,唱、念、做、打均很吃重,所谓打是指马童跌跳翻滚打筋斗,两人配合,一定优妙俐落。表演快马加鞭,穿梭飞驰只是一种单纯的路途情景,而演员发挥唱、念、做、打,浑然透出激越情景,足以扣人心弦。若果真实游走边塞,黄沙滚滚,尘埃漫天,这样单调沉闷的长途跋涉,恐怕只会令人蜷伏昏睡,才能打发。须知演戏要领所在,无论唱、念、做、打,都须要求表现优美典雅。人类最丑陋的感情流露就是呕吐。若不服气,请他面对镜头表一表呕吐的神情。但在京剧,也必是使之美化,岂能认真演来毕肖?

我本外行,所知有限,但若有机会,尚可再一谈唱、念、做、打,以及出场、进场。祗颂

纳福

晚王尔敏启

二○○四年九月二十四日

第三信　谈京剧改良问题

曾复老师道鉴：

　　戏剧改良是戏剧生生不息的原动力。中国戏剧滥觞于宋、金、元时代，传承九百余年，当是屡经改良而方能适应社会需要。亦并长期得发展表演艺术。但要特须知道，自元代成就戏剧之高妙水准，凡研治者，如王国维先生已是肯定达于戏剧全备条件，生、旦、净、末、丑，早已专业分科。曲牌、唱辞、说白无不优美典雅。而表演、过场、道具、切末亦有清楚交代。自是中国戏剧达于成熟境界。然因世变代嬗，适应社会需要，演变流派剧种，分化南北地区，是各因时因地而开新，并亦承旧。不当以改良而论，自是长期演变。

中国戏剧无论直接演变或应生地区剧种，主流特点则仍是固结传承。我们须知元、明以降戏曲体制、形式、角色、曲牌、科白、过场等，是一直延续到二十世纪之清末。流寓上海的青年文学家欧阳巨源，二十四岁病逝上海，而生前能写小说和传统戏剧。这且不表，二十世纪初十年代，其时维新分子、革命女性，也以戏剧题裁表达新观念。例如梁启超所撰《新罗马》，秋瑾所撰《精卫石》，张竹君（女）所撰《东欧女豪杰》，而浙东女子古越赢宋季女以秋瑾被害故事，撰《六月霜》等等，俱依元明戏剧体制，而能蕴蓄最新思想知识。其实固有戏剧可以沿承数百年。直到二十世纪二十年的新文化运动蜂起，传统剧艺才遭遇严重打击，终至即将快速没落。恐怕已是无药可救。

虽然，文家学者也不可只相信那些维新、革命的固旧戏曲，仅是著作形式，并非要真正排演。这有两点事实可以举证。须知像汤显祖的《牡丹亭》、洪昇的《长生殿》、高明的《琵琶记》、关汉卿的《窦娥冤》，这些名剧，其实是不断搬演。最能说明的，是明季南渡残局，金陵明廷马士英、阮大铖当令时代，大文家侯方域与秦淮名妓李香君的故事。明亡不久，孔尚任写成《桃花扇》戏剧。此剧在各地演出，长期受到欢迎，康熙前期孔尚任甚负文名。康熙到山东谒祭孔林，孔尚任是当时接驾之人，载入《山东通志》。此是真人真事新撰戏剧，全照传统元明戏曲体制在清前期上演的例证。不要以为元、明已亡，传统戏剧就随着消亡了。

其次一点，是新人新故事，新剧本演出，其剧中人尚能亲自看到自己的戏。远的来说，大家尚能记得清光绪中期《杨乃武与小白菜》故事。其实当年记载杨乃武脱罪之后，其晚年看到过这出戏。更近的来说，民国初年康有为自己记载亲在台下观赏他在《戊戌变法》剧中的自己。提到光绪出场使他感动落泪。如此评断中国固有戏剧艺术，应该知道，是一种久远的、完备的、有适应能力的艺术，有文学地位，也有艺术价值。它有独特本质，具全面表演能力，经历长久累积繁复剧艺，成就真是不易，应予护持尊重。

在二十世纪三十年代，戏剧改良呼声随新文化运动飙起。我再不客气说，自一九〇〇年八国联军入侵北京，自此打破了中国人的自尊心自信心。以下的一个世纪，国人尤其是文士充分表现崇洋媚外，反回头来则自毁自伐。所谓士大夫之无耻是谓国耻。文人率先表演一个中国人没有出息的时代。

我大胆冒犯时讳说，二十世纪国人普遍崇洋媚外，而以学界最可悲，因为是故意鼓动风气为全国倡率。特以所谓新文化运动为时代先锋。当然，这一代文士女士之从事新文学，不能说不具文心真诚，不能说没有理想，不能说不力求上进，不能说没有好文章。但是全然笼罩在反古、反传统以至打倒前代流传百世的文学艺术戏剧遗产。古人并没阻止和挡路，妨碍我们这一代的文学创作，何必那样敌视前代，而自以为做了重大开新？要造出一个辉煌的新时代，空间甚大，何必检讨古人抹杀已传世之文学？对于西洋文学，又是那样恭维谄媚，可说是入主出奴。

戏剧是文学中的一门，因是有人关心改良戏剧。想想专制时代如元、明、清王朝，还尚未肯拿戏剧开刀，只是禁止过分诲淫诲盗的剧目。其余任其接受自然淘汰。而二十世纪，则有文士出而改良戏剧。我人也一定给予正面肯定。像是欧阳予倩、齐如山、洪深、马彦祥都是要走开创新路。其同一时期的戏剧名家有重大分化，有不同专业重点。有纯粹研究传统戏曲的名家如王国维、吴梅、赵景深、钱南扬、卢冀野、郑骞，以至当今的罗锦堂、白先勇、曾永义等。这是在严格的学术领域，文学史上有其地位。又有完全开新，循西洋话剧之路，而创作而写作新话剧。则如曹禺、洪深、熊佛西、马彦祥、赵清阁、郭沫若、姚莘农、陈纪滢、易风、李曼瑰、王生善等，自是戏剧新路，也是二十世纪主流方向。此外与本文有关系者，则是从事改良京剧。重要人物有欧阳予倩、齐如山、罗惇曧、俞大纲等人。他们的共同意趣，是要使京剧高雅、出俗、精美，要更上层楼。这四人俱有京剧新作。当然以齐如山影响梅兰芳最大，梅派创作新戏若《嫦娥奔月》《天女散花》《太真外传》《廉锦枫》等戏，是受齐氏影响。其次著名的罗瘿公为程砚秋编新戏最多，所知者有《六月雪》《赚文娟》《回龙阁》《孔雀屏》《青霜剑》，俱于程氏亲笔记载。其他似尚有《荒山泪》《文姬归汉》。欧阳予倩则自编自演，他的名剧就是《人面桃花》。俞大纲编剧最少，也为郭小庄编有《王魁负桂英》，被郭小庄唱成名剧。以上四人是深爱京剧，也以改良宗旨创作新剧，自足令人钦佩，值得世人风从。

单以京剧而言，二十世纪有盛极而衰之势。这种难挽的情势，十分复杂，暂不在此碰这个大困局难题。将来再说。单论京剧之改良，所有人的出发点都是纯正的善意，也是爱护京剧，但我敢说，迄今而言都不曾走对路子。我相信是枉费金钱气力，并愿负学术文化责任。是决有所见。我对于大陆京剧界知之甚少，不敢多言，却也能提论一二。在此则可举示台湾京剧界改良的努力。

台湾地区在二十年前，由政府新闻局部门长期鼓励提倡京剧，最重要方式是每年各剧团举行盛大比赛一次。因此各剧团俱编新剧演出，我赞成这是京剧所走的最正当最成功之路。这是专业内行人自动的改良，并且尊重传统体制与行当专业，决不乱来。我岂能预料，政治有变化。二十年来就大受顿挫。若不敢批评当道将相，就只能慨叹时也运也！

更可敬佩的至少有两组京剧专业人士以大开大合手法改良京剧。其一，是郭小庄的"雅音小集"，其二，是魏海敏、吴兴国合排《欲望城国》。两组俱循吸纳西洋歌剧手法来改良京剧。我敢说他们是白费气力，无助于京剧生存。

我郑重声言，改良京剧，决不可模仿西洋歌剧，我也大胆申说，以戏剧而言，歌剧不如中国戏剧完备。我是经过多年深思比较。但请留心一点，西方的歌剧、芭蕾俱是音乐为主，一切照乐谱行事，指挥是全体灵魂，歌剧只唱，芭蕾只跳，但全在指挥之下行事。照着音符歌舞毫无稍改。我不宣扬自己经验，可说明早在四十年前看过各名家的歌剧、芭蕾，不待细举，太占篇幅，我早经细心比较。芭蕾只是跳,歌剧无念白。歌剧在唱上有很高造诣,芭蕾在舞上有很高造诣,京剧远逊其后。但无论念白、台步、动作、武打,则是歌剧、芭蕾远不能及,而且真是相差天壤之别。我于此负全责,这样说。老前辈京剧大师齐如山先生到过欧洲并曾以西文译戏剧。但他观察有差,给予梅兰芳误导。他说西洋歌剧是载歌载舞,这是大错,西方无论男女高音,俱是只唱不舞,仅仅随音乐有点简单手势台步。如威尔第(G. Verdi)的《阿伊达》,此剧我看过三个不同的演出。布景服装大有变化,而唱腔则不能丝毫更改。男女高音只有小动作而全不舞动,观众可以看到雄壮庞大的凯旋行军,又有囚车俘虏,以及市民群出翻跳,如此热闹翻跳,则全不唱。也有合唱一部,亦必是站立不动的唱。可以说西洋歌剧唱者则不舞,舞者则不唱。

郭小庄的"雅音小集",说来改良是成功的,她是只改良乐队。我也以为是做错了。若使乐队阵容加强,像歌剧的 orchestra 那是不能借来效法的。小型的 music band 足够,"雅音小集"在香港演出我全到场。西方歌剧芭蕾乐团俱在台下,在舞台前面低下去,可以容纳四、五十人的管弦乐团。比观众席正前面更低下去很多,叫做 Orchestra Stall(乐队区),而前排正面坐位约六至十排叫做 Stall。票价最贵，指挥是面对舞台背对观众。全部上场一概受指挥的旋律行事，一点也不能错。比较京剧演剧全归指挥掌控，演员全在指挥之下。郭小庄要仿照歌剧加强京剧效果，是花大气力、费大钱，而不足使京剧更好。我指原来论点，就是不能使京剧变成歌剧，因为中国戏剧是完全的繁杂多样的表演，不全靠音乐。中国戏剧乐班一组不出十人。已能帮助一切剧情变化，当今在美国哈佛任教的赵如兰教授她是音乐家，很看重这样乐班（music band）称为是最能快速直接表达各样感情的一个组合。十分推重，请相信她吧！

至于魏海敏、吴兴国两人的《欲望城国》则只是穿西洋服装、唱中国腔调。我都钦佩他们的改革精神，却惋惜其无助于京剧发展。

我曾看过一些唱带，见到大陆改良京剧手法。只是一鳞半爪，不能全面比较。我敢说是愈改愈糟。在此我仅举一个浅显的例证就教于方家。像麒派开创名家周信芳，他是造诣最高的一流演员，具京剧老生行当大师地位，其所演名剧多成经典之作，像其《徐策跑城》这样优美紧凑生动感人的剧目，由于要求写真，使他在真的城头、真的大路上又唱又跑，这个唱带我拥有，也观赏了。看看那一段巉岩青砖城垛站着一个穿戏装的周信芳在唱戏，简直像一个老叫化穿着戏装在城头喊嗓子，一切精彩唱腔绝妙表情全被那高大墙垛空无一人所遮掩了。更难受的，是那跑城一段，像是从疯人院里逃出来一个老头。无缘无故在大方砖的空旷官道上猛跑起来，真令人不禁无限悲慨。像这样的戏剧大师被一类自命不凡的人摆布蹧蹋，真是京剧就要没落了。

适逢中秋佳节敬颂节禧！

晚王尔敏启
二〇〇四年九月二十八日

第四信　京剧没有必要讲究布景

曾复老师道鉴：

拙见细考各种戏剧，必须坚持本身特色，方能表现独到的绝艺绝技。京剧之外，西方的歌剧、芭蕾、话剧也都各守专门特色，而不舍己耘人。歌剧只是唱，绝对没有对白，话剧以对白为根本，可以把唱歌、唱戏作为剧情故事需要，常能完全是对话，现代中国把这一剧种吸收，成为最发达最成功的戏剧门类。芭蕾永远是既不唱又不说，全程配合音乐而舞。至于京剧则是既唱亦说，既表亦演。是数百年传承下来的全职全能剧种。最重要特色是中国独具的象征表演。若把象征除去，必至失色，将动辄得咎，一无是处。拙见认为舍去象征，京剧即成消亡。丧失特色是最大的悲哀。

这里并无意批评一些具创新思想之人,思考细致精妙,设计豪华布景,以增强美化演出,提高京剧艺术表现,一切俱本之善意。近代所以如此发展,在财力上只有北京、上海做得到,剧场宽大豪阔,票房收入丰足,只是其他地区多做不到。近五十年有电视助力,可以播放全国,虽是阵容鼎盛,却是严重萎缩,我的台湾经验是这里歌仔戏大城小镇、偏僻乡曲无处不有。自有一个剧团登上电视,其余百团消歇,乡间不再有野台戏,人们打开电视,除了重大酬神拜拜偶一为之,剧团变成饱三天饿三月,无人问津。京剧虽盛,也难逃此运。

我们近代戏剧界受到西方启发,借作他山之石,自是甚对,西方泥信于写实,自然极讲究布景。但我们可参阅而不可仿效。我看歌剧、芭蕾,他们是有常年演出,但有轰动声势的音乐季,一般在一年前中两段。但也有小变动。无论歌剧、芭蕾,不但事先排练,而且及早设计布景,有专业人员执理,服装亦全新设计,虽花大量工本,却更能赚取大量金钱。我看过一些在音乐季排出的名歌剧芭蕾,大体有些心得观感。建议京剧完全不必跟风模仿。拙见是一人私见,敬请看过歌剧者指教。在此要挑剔他们,不过为一时之快,有的是四十年前看的。我在英伦的 Sadlers Theatre 看过瓦格纳（Richard Wagner）所作的歌剧：《漂泊的荷兰人》（The Flying Dutchman）。这个故事演成电影才真精彩，是由詹姆斯·梅森所演。只是原作者的最享盛名的歌剧却是沉闷。简单说叙述一个武官屈杀了妻子，受到诅咒，使他永远在海上漂泊不能死去。所乘坐的自然是鬼船，水手也是鬼。这个戏有名在于音乐，但演出就十分麻烦。舞台设计者每每绞尽脑汁，要演出行海帆船，水手小工在船上跑来跑去。布景动作，都要逼真，我认为是根本失败。这不能怨指挥和演员，应是舞台设计者费脑筋表现实物实景，求好心切却陷于拙滞不堪。

这出有名的歌剧，纯用德文唱出，英、美人士未必都懂德文，可是自能欣赏歌唱艺术。我说沉闷，自然是外行感觉，只有懂声乐的人才算是不虚此行。但我仍会说，就演戏言，当然沉闷。就戏剧表演看，主角只是站在那里唱，配角水手并不蹦跳演杂耍，只是平常拉扯绳索搬运物件，走来走去，绝不张口一唱。最当肯定称为拙滞者，走在高阔巨敞的舞台上放一艘大帆船，只是一个船头，半截桅杆可以看见街上顶层像剧场顶外尚有半截看不到，这个船头就占了剧场前景一半，直逼台口。总之船上应有设备都可被观众看到，只是水手甚少，以至全不能爬上去。因为假定船下面是大海，水手怎可一时上船一时下海？同时设计把舞台背景以电光幕打出大海洋上帆船穿梭，真费巧思。但也不能使人感到这个大船漂在海上，只清楚看到是搁舞台台板上，极像大船进了干船坞。想想象征表现的妙处，原来假想正面舞台就是海面，台面虽是硬板有地毯，也得假想那是海面。另一不通之处，不知放这个船头要干什么？就是无论男女高音，俱都站在不是船上而是船下舞台板上，却不能表演边泗水边唱戏，人人都会看到演员站在地毯上唱，是无法联想到他们和那艘帆船有什么不解的关系，因为故事全是唱出，注意不是演出，所以看了令人沉闷。可怜这艘大帆船头一直从开场停到剧终，它是一滴海水也未沾上。演员的脚印也未触及。我提示到此，拜请通人来索解吧！

想想梅兰芳所演《廉锦枫》，只消象征表演海洋自在舞台，出入巨浸，剑刺巨蚌，全被灵活演出，有唱、有演、有念、有打，功力表演才是艺术真实。这是中国戏剧的写实，演艺超卓，唱念悠美，就是真实不假。

再举一个音乐季（Opera Season）的名剧，就是威尔第的歌剧《阿伊达》，这个名剧未开演先轰动，因为是为了苏伊士运河开航的庆典而作，因是以古埃及故事背景为题材。但埃及法老王只是配角,公主则是女中音,而所使用女奴阿依达才是女高音,出征的将军是男高音。我是在伦敦著名歌剧院 Covent Cardens 所观赏,后来倒又看过电视播出的两个演出,包括在最近中国的演出。我看了这三个不同的演出,认为布景一律笨拙。由于作剧家刻意表现埃及特色,把埃及最有特色的金字塔定为全剧主体,这就使舞台设计伤透脑筋,因为戏剧高潮男女高音是互相热恋的将军和女奴,都被赐死于墓道,一部分精彩唱段,是在地下墓道中所唱,女中音的精彩唱段是在墓顶所唱,这就必须把金字塔搬上舞台。想想世界著名的七大奇迹的巨大金字塔,如何放进舞台,那真是假了真不了。难倒舞台设计师,也难于让人看了有伟大的感觉。我看了三场不同的布景,可以说无不笨拙。俱是要真的乌森森的一个浑然大石堆,可以令人自觉渺小,那是做不到。但这一堆东西填满舞台,是什么样子。上海人当领悟,我是从电视上看到,这场戏并未在墓道进行,只有四十年前在伦敦所看是将军女奴身在墓穴而埃及公主身在墓顶。作曲家使尽浑身解数,令剧情哀艳动人。虽然精彩,而布景则失金字塔原味,谁还计较这个。一句要言,就是决不真实。

我的结论,是不要盲目模仿西洋布景,尤其要节省布景的花费，即今花费再多，也不中用。

回头看看中国自己的各样剧种，那是千年来戏剧智慧果实，一切早经过尝试、改进、创新历程，最后形成统一一致的象征艺术，当然仍可再加改进，只是不多思考而仓促借西方之长以改造中国戏剧往往不免画蛇添足，西洋各样戏剧也都是后人传承前修达数百年历史，乃是各有分野，各具特色，各守共约，并各有传统。我国戏剧本来超越他国也包括西洋各样戏剧，决不可舍己耘人，画虎不成反类犬。

晚王尔敏鄙言
写于新大陆之柳谷草堂
二〇〇四年十一月七日

第五信　京剧传承不可忽略小戏小调

曾复老师道鉴：

二十世纪最后十年，在我们文化戏剧传承的伟人是李瑞环先生，最重要的贡献是用心保留京剧演出纪录数百种。这表现有识力眼光，具文化责任担当。是政府领导高层一位出色的官员。虽然如此，由于前代艺人多演大戏，并未留下任何精彩的小戏小调。

自数百年前以至今代，戏剧名作，经典名剧，当是频频演出，深入人心，构成戏剧艺术主体代表。而小戏小调大多无人传承，也难出名角。

实在说，无论仕宦名流，财主豪商，以至梨园行当班主，大概也全不重视小戏。小戏小调俱归于丑角一科。丑角是按科分，自然也是人才济济，并亦有杰出名家出人头地，萧长华就是一例。我无机缘观赏，而听其唱片，亦自钦服。

我思考的重点有三个不同层次，可以肯定真的重视小戏小调。第一个层次是戏剧本身的艺术层次。这当然就戏论戏，最为重要。代表中国戏剧之全能多样，生、旦、净、末、丑俱各占一定专职领域，可使复杂故事剧情得到充分表达。须知在中国各剧种，一般丑角的造诣都达到很高水准。和西方那种被定型身着方格花衣鼻尖上系一个圆球，称之为 Clown 的角色完全不同。中国戏中丑角要复杂得多。不能乱加比较，会产生争论，专讲京剧中丑角，不尽专门表现滑稽，而多有恢谐幽默。若是演蒋干、汤勤、乐布、程志节、陈友谅等等，重点俱不在滑稽逗笑，既要表现一定身份内蕴，且须与老生、小生行当大有不同。多演仆役皂隶，负贩脚力，但亦必各具特色。像是崇公道、张别古、武大郎、朱千岁、张文远这些人物，也是各具不同特色。丑角自须用心表演。戏剧水准，自是一个要领。

第二层虽与戏剧有关，却要看重说白语言特色。丑角念白，较少角色用韵白，较多演出用京白。他们基本要求口齿伶俐，吐字清楚，声调抑扬顿挫，爽朗紧凑。

就是韵白,也与生行不同。我看他们训练基本功是要熟练绕口令,这门行当绝对以京白流利为门径,大概老师都会传授十首八首,要门徒念得滚瓜烂熟。我在香港中文大学,就听过寇春华念大段刘老六。想系看家本领。

严肃一点说,丑角京话对白,就是优美语言。我们自己不注意,西方的汉学家却早已注意,文界朋友多想不到,西方汉学入门第一步要学中国语言文字,要说话流利。传教士也极其需要。这类教材,却是奇缺。别小看民间浅俚的小调,我国民间流行的绕口令《十三层塔》在二十世纪中叶,被译为德文英文各一种。英文译称是《The Pagodo: Thirteen Songs from China》。计有三十一页。我家乡称为"翻塔"。先父生前常唱:玲珑塔,塔玲珑,玲珑宝塔十三层。这一小调,又是绕口令。先念单层由一数到十三,再念双层,由十二念到第二层,上下一翻,故名"翻塔"。

第三个层次,就要提到更能切近民间社会生活写照的小戏。这也是外在的先有西洋教士和汉学家所发生兴趣的。三十年前,偶然看有西洋人翻译中国民间故事《老鼠告状》,译称《The Rat's Plaint, an Old Legend Translated from the Original Chinese》,于一八九二年在日本东京出版。不过中文原本应是很普通,但却在中国不易找到。多年来我只见过杨柳青年画《老鼠嫁女》，我的门人吴美凤有此画册。却见不到《老鼠告状》故事的中文本。倒使我注意到戏剧领域。是我收集到一个《Pu Kang》的西文翻译剧目，猜不出是中文哪两个字，它在一八〇二年，也就是拿破仑崛起震慑欧洲的年代在西方刊布。后来见到一八三七年在广州的英文杂志《Chinese Repository》有一个英文翻译，才弄清楚 Pu Kang 原是"补缸"，正是今时熟知的《王大娘锯缸》，一八三七年的英译是：Remarks on the Chinese Theatre; with a Translation of a Farce.《The Mender of Cracked Chinaware》。我没想到《王大娘锯缸》这样逗趣的小戏，竟然在两百年前使西人有两种翻译，真是不可思议。除了这个，《小放牛》也有英文翻译，但已到了二十世纪。西方人的出发点，是要认识中国民间百态，我们自己却反而轻视其艺术价值，当是应该反省。

其实五十余年来京剧多不注重小戏，我只在台北看过《探亲家》，由于金骅、王正廉合演，于金骅的丑婆子演得出色。早在五十多年前初到台湾，在偏僻的屏东市，看军界串演平剧，我的长官何希文连长客串《请医》，小戏中的老医师，流利的京白，风趣的对话，使观众醉心倾倒。何先生生长北京，最喜到富连成班，时常讲述富连成科班故事。他说过富连城学徒全是睡在簸箩里,天一亮就炸响鞭叫起大家练功。得知学艺真是辛苦。后日在香港观赏过《小寡妇上坟》,是由陈永玲和寇春华合演,一种夸张表演,卡通动作,特殊的对唱调门,充分表达了庶民闹剧中俏皮风趣特色,令人印象深刻。不过想起幼少年所多次观赏《打城隍》《花子拾金》这两个闹剧,觉得内涵浅薄,并无可取,不值再演。

我讲这三个层次,可以呼吁京剧保存不要遗忘小戏小调,希望能反复上演。还有一些不能算是大戏小戏的表演,例如《跳加官》是不可淘汰的。另一个更重要的是表演《天官赐福》,七八年前我在台北电视上看到国光剧校学生演出《天官赐福》,十分欣赏,立即打电话给王海波请定购一套《天官赐福》录影带,她回说这一种是不作录影发售的,使我惋惜至今。这十分重要,就不常见。不要以为这和《跳加官》都是戏班想出来的讨赏的花招。我在幼年看过河南梆子戏的《大加官》,和《天官赐福》异曲同工。实则这是代表中国庶民文化的内涵,是无论穷富都天天盼望达到的愿景,使国人能抛下失败忧烦痛苦穷困的咒诅,而念念于东西南北、上天下地求得人人福分。这是穷苦负贩小民自我的慰藉，只有戏班才能编出美满周全光明幸福的一套恭维祝愿。我们人生不都是很往好处想？这是人民的人生观。凡想到的都赞唱出来。值得一演再演。

晚王尔敏敬启

二〇〇四年十一月十四日

写于新大陆之柳谷草堂

第六信　文化须政府提倡
戏剧是易见的国家表征

曾复老师道鉴：

当代政治领袖护持我国文化而予以大力支援者，自是难于偻计。惟其深心关怀戏剧，始终呵护并作有计划的挽救保存者，自应推重李瑞环先生。对于保存前代剧艺贡献甚大，值得世人尊敬纪念。原来台湾地区还有南管、北管、歌仔戏，而京剧得以有发展机会，全靠陆、海、空三军各拥有京剧团，经常作劳军演出以及公演，售票收入以各自训练后进，也是人才辈出。且不要以为这是政府的新负担、新善政。这在三百年来，清代盛世也是护持戏剧，宫中以及圆明园内俱建有戏楼。宫中经常看戏，也在圆明园招待外藩贡使看戏。一八一八年嘉庆帝也命大臣安排了接待英国贡使看戏,由于事态闹僵,朝贡中挫,才未达成。先别批评其他,若以中国文化特色,展示给任何外使观赏,这是最正确最必要的高明作为。现代的国家,现在的政府也有必要。

拿俄国来作比较参考,他们本是野蛮民族,无文化可言。自九世纪才成为一个国家,由于地在欧洲,文化自是承受高文化希腊、罗马的濡染。近代文学倾向法国,音乐艺术步趋德国。到了十八世纪,女皇叶卡捷琳娜(Catherine the Creat)加深吸收西欧列强文化文风,提高文学音乐到西欧水准。从此文学音乐名家辈出。终使芭蕾舞这一剧种跻身于俄国文化代表,嗣后外国来访贵宾,俄皇必邀请观赏芭蕾。我非乱说,可举一个证据,一八九四年中国正忙于应付对日甲午战争,俄皇逝世,新君初立,中国于十月派遣头品顶带湖北布政使王之春任专使赴俄国,一面吊唁故君,一面贺新皇即位。光绪二十一年(一八九五年)正月递国书,二月俄皇尼古拉二世亲陪王之春到剧院观赏《天鹅湖》这时原作者大音乐家柴可夫斯基(Peter Lynch Tchaikovsky)方去世两年。若论记载中国人第一位观赏《天鹅湖》者自然就是王之春。中国本来原有的悠久戏剧,自具特色,政治领导亦应使之推向国际观瞻。想想俄国历代领袖是何等用心推动他们独特的文化。让我多说一句吧！四十年前我已看过两次《天鹅湖》，一次在剧场，一次是从电影中看专辑。我至少在电视上看过三次不同演出的《胡桃夹子》。这是西方圣诞节应景剧，年年上演。伟大的音乐家柴可夫斯基，带给世界儿童无限欢乐。

我国前辈主张戏剧写实又反对神话传说。俄式的《天鹅湖》是纯为神话，全犯大忌。更应该向国人提示，此一舞剧完完全全不写实，全是象征手法。虽有布景也只是意思意思，全然虚设和我们一样。请思想一下，这个全剧要在湖水中表演，湖在那里？就是整个舞台，湖水在那里？舞台上不见一滴水。天鹅在那里？是一批女孩子扮的。和咱们中国人一样，他们观众都假定舞台就是湖，十余位穿着白色短衣短裙，交叉穿梭在舞台上来往跳舞的女孩，也就相当于天鹅在湖中徜徉。注意，人们所要欣赏的真实是舞姿之美妙，主角以一趾脚尖支撑全身，只靠另一只腿美妙摆动一下就转一个圈，还要面对台口，她可以不停连转十四个圈，高难度令人叹为观止。艺术才是真实，国宝级的艺人才能做到。这是真实的俄国文化精华。他们的政治领袖提倡护持，他们的人民珍惜宝重。我们也得对我国的艺人存一分崇重,怀十分爱护。

京剧之兴盛,自是受到清廷皇室的垂青而盛极一时。光绪一朝更是黄金时代。虽非政府刻意提倡,却因皇家喜爱,而影响京官的普遍喜爱。有一些真切证据,外界少知,我是四十年前,从文廷式亲笔载述,而抄下来,《文廷式集》已问世十年,这批资料并未收入,兹愿于此略加提示。

一般常说都说慈禧太后和光绪皇帝都爱好京剧,很喜欢欣赏谭叫天,大家都知道,那有什么可靠的证据支持此说。文廷式的记载就很可依据。所记是光绪十八年(一八九二年)之事,如下:

十二月二十一日,御史王濂奏:优伶贱质,不宜近至尊。有小叫天、十三旦者,闻尝召入。又有俞庄儿者,闻尤得亲近。此等污秽之人,岂可令其出入宫禁云。又谓:皇上必不能知此等贱人,度必有荧惑圣听者。奏入,上大怒曰:不知他还要说什么?命枢臣传入诘问。俄传入军机房(指王濂来军机处)。张之万顿足曰(原作自注:与王濂同乡)你为什么参到皇上?遂问其上折是何意思?王濂曰:小臣风闻如此,只为有关圣德,故不敢不奏。上又令军机问之曰：伊折中言有荧惑者，试问荧惑者为谁？王濂奏曰：臣唯不知何人，度必当如此。若确知其人，亦必写入折中，不敢隐也。上又传问，伊此折有无主使？何人代撰？王濂奏曰：臣奏稿在怀中，遂以原稿递军机大臣曰：上问主使，此即主使矣。军机一一覆奏。上欲即加以罪。军机为碰头乞恩。及上请懿旨，乃得宽免。

这段记载，出于文廷式手书《知过轩谭屑》，稿本未尝公之于世。值得传示于众，具以见真有官员不惜触怒皇帝，直谏宫廷。后人据此记载，自可明悉当日名伶在京中朝野声名之盛。

在同一本文稿中，文廷式提到京中官员绅商富户请戏班办堂会的市价，在光绪初年每演一昼夜（即日场加夜场）用费不过白银百两，而到光绪十八年则每昼夜需四五百两。文氏又提到当时官宦之家与各省会馆都更番大办堂会，比之茶园唱戏收入远增什倍。自使艺人天天接不完生意，遂至各擅绝诣，人才辈出。当知有此高人呵护提倡，方能造出绝代演艺。不走只靠演员如何精练努力所能达成。一味的只顾改良戏剧，观众没了，演给谁看？真是身怀绝艺，坐待陨落，毕生心血，付之流水。可悲！可痛！

       晚王尔敏敬启
     二〇〇四年十一月十六日
     写于新大陆之柳谷草堂

第七信　京剧不可搭配西洋管弦乐组

曾复年丈道鉴：

戏剧是一种艺术有机体，有生命、有个性、有机能、有生死。即令今日科学发达，也不能使象生麟马生角。即令使象有鳞马有角，又能产生何样功能，何样美观？

三十多年前京剧艺人郭小庄女士，她是台北"中国文化大学"俞大纲先生亲自调教出的京剧艺术家，有理想有信念为京剧作创新尝试，组合"雅音小集"，重在增强音乐效果，并试演新剧，远到香港表演，香港中文大学新亚书院院长金耀基先生特在校内盛大招待，郭女士赠送我们大批入场券，因是每演必到。正好香港剧院舞台原有一个台下乐队区，在观众席中区正面，但低在地下，有围屏阻隔，不能进入，观众席不易看到下面奏乐情况。郭小庄的演出成功，是把乐队全放在这个西洋通见的 orchestra stall。有一点必须说明，"雅音小集"的乐队全是中乐而无西乐。仍不脱中国风味，她的用心令人称赏。她演《王魁负桂英》一段云路场面，一群大鬼判小鬼卒陪着桂英跑，仍是脱胎于老戏《锺馗嫁妹》。而一场国乐伴奏之舞，却是新鲜美妙，博得掌声。不过这一美化改造的功力，既无发展，也难继续，真是曲弥高和弥寡，已沉寂十年了，令人惋惜。我看大举丰富乐队，改造京剧，此路不通，原因将慢慢澄清。

原来郭小庄的经验并未传入大陆。近两年来，大陆京剧界的前修们，忽发奇想，拉来交响乐队（symphony orchestra）伴奏京剧清唱，我只是看到北京的盛大清唱，早已拥有左光煊教授赠 VCD 碟片二张，甚感谢他。我已在一年以前全部观赏。这一次北京举办的京剧名家清唱，主唱者全是专业艺人，各唱一段，并无不妥。只是又有一个交响乐团在台上后面入坐，指挥家（conductor）深色礼服上场，行礼一鞠躬，就转身去，背对观众，挥起指挥棒（conductor's baton）来指挥管弦乐队，只是艺人却站在前台台口，和指挥完全背对背稍有错开间距,指挥家和艺人谁也不能彼此互看,也无法做到,就是你指挥你的我唱我的。我郑重告诉戏剧界先进,这是闹大笑话。不要把歌厅舞厅那种为小姐伴奏的小乐班(music band)方式,冒充西方歌剧演唱场面。这既蹧蹋音乐指挥家,也使演艺人莫知所从。

我四十年前在英国的一点小小经验,知道凡一流二流的交响乐团,像伦敦交响乐团、伦敦爱乐交响乐团和新爱乐交响乐团,他们只奏古典交响曲,并灌制唱片,是第一流的有国际声望,向来也不会去为歌剧伴奏。台北在中正纪念堂分建音乐厅和歌剧院。但凡交响乐演奏是在音乐厅,乐队在台上,但凡演歌剧是在歌剧院,管弦乐队是在台下。在伦敦一流的音乐厅有两个是:Royal Festival Hall 和 Royal Albert Hall。二三流交响乐团和未成名的音乐家是不能在此地表演的。中国钢琴家傅聪则是 Royal Festival Hall 的主奏者,他的岳父大指挥家曼纽因的多次演奏(他晚年到过台湾),我都曾购票欣赏。伦敦的一流歌剧队是 Covent Carden,稍次的有 Sadlers Theatre。他们管弦乐队全放在台下,永不上台(除了指挥谢幕)。一般经营歌剧院,一定要有自己的管弦乐团。指挥虽是背对观众,却两眼照顾舞台,紧盯着男女高音及合唱队。他们彼此眼神沟通,往往台上有任何差错，都由指挥立即补救，可使剧情圆满发挥，观众看不出破绽。所以在全剧演完之后，要推尊指挥家先上台谢幕，地位高过男女高音。而 Royal Opera 和 Royal Ballet 虽不常见，则是 Covent Carden 的官方正名。

大约将有十四年（一九九〇年），三位男高音帕瓦罗蒂（Luciano Pavarotti）、多明哥（Placido Domingo）、卡雷拉斯（Jose Carreras）以爱好足球见称而在罗马足球大赛场合露天清唱，轰动世界，虽是奉献，而发行 CD，卖过五百万张，也把钱包装满。三人不久又在洛杉矶世界奥运会场再来一次露天清唱，也是轰动世界。三人也不到剧院演唱就仆仆奔走台北、东京、首尔、北京，更番登台演唱，更是赚得满盘满钵。我们的剧界领袖莫非要仿效他们吗？第一，看技术方式，请注意这些独唱男高音所站的台前是和指挥家平行各占台口一半，并不是指挥家和唱者背对背站立。实际这像音乐厅上常见的小提琴协奏曲（Violin concerto）、大提琴协奏曲（cello concerto）一样，指挥家并不指挥主奏者，但要分庭抗礼，站到对等一面指挥乐团，一面盯紧主奏者，音乐家一向是看成两者竞奏。这样才可以表现艺术造诣。

第二，三大男高音到亚洲清唱是按合约拿包银，净赚不亏。主办者尚须预备一个交响乐团搭配，不是两家分帐，而是只给一场报酬。若是卖票不理想，主办者包赔。

看看今日（二〇〇四年十二月一日至十五日）第四届上海戏剧节，一定是主办者包赔。但是主唱者能拿多少？交响乐团分到多少？恐怕仍是饱半月饿半年。凭一朝炒作鼓吹，热闹一下，这不能代表京剧兴旺，只更见出没落消亡。诸君想想，三大男高音成了名，可以唱一场花用三年，而咱们的京剧演员，再成名也无法靠清唱讨生活。奉劝有心人士要改弦易辙。

再进一层，用治学研究方向看戏剧艺术。我可郑重向世人宣示，中国戏曲与西洋歌剧自其创生第一步，就是绝然不同的两大艺术。尤其在演艺与音乐是无法互通不能代替。根本道理就在功能宗旨绝然不同。表面看彼此也都化妆穿戴戏服并演出故事，然中国戏是表演展现功能，而西洋歌剧是以音乐而展现造诣。故而中国戏重表演角色的分殊，而自元代已分生、旦、净、末、丑。后日发展更细；西洋歌剧则是以声乐分职能，故有男高音、男低音、女高音、女中音之分。绝没有生、旦、净、丑之类角色。是以两者自一开始起步，就是南辕此辙。如果我们专家还能顾及艺术是千姿百态，剧种是各有长短，就不该迷惘的去追逐他人。中国戏剧在音乐方面远不如西洋歌剧，是自然之理，不必羡慕。中国戏剧的全能表演是远超过歌剧、芭蕾，将来尚可细谈。

古希腊戏剧邈远未能传世，世人只凭剧场考古推论演出状况。已是既无传承，亦消绝难复。可以肯定说，希腊戏剧虽古，却不是歌剧渊源。欧洲人称希腊戏剧为 Creek Theatre，绝不与歌剧相混。中国自二十世纪，先接受西方话剧，最早叫"文明戏"，自是最有发展，全盘西化，也最具主流地位。值得推动的是充分表演中国人的故事人情，这如同中古时代吸收了佛教的五常狮子舞，数百年来早已是纯中国舞艺，话剧引入百年，有其相同意义。英国莎士比亚生于一五六四年，至今不过四百多年。由于我国高明大翻译家朱生豪、梁实秋的高妙中国文笔，为我们一门话剧艺术打下深厚文艺根基。已占当今戏剧主流地位。因是奉劝多看话剧，可以学得美妙的国语。是以我基本上不反对全盘西化的门类，它自然会灌入我们的民族灵魂。你尽管纯用西方艺术形式表达自己的感情。最佳的例子就是林怀民的"云门舞集"，这全是纯粹的西洋现代舞与西洋管弦乐伴奏。但却完全表现中国固有的古老故事传说以至我们的感情与人生观。"云门舞集"这个名称就很具深思，因为这是历史记载黄帝时代的歌舞名称。林氏的任何舞剧全是创新，而其深厚内涵，却使西洋人看到是东方的艺术，已三十余年，辛勤耕耘，不计成败，不慕虚名，全心为艺术，全心发扬真、善、美。今年（二〇〇四年）又在欧洲表演他的新舞曲《烟》，博得西方人热烈掌声与广泛崇重。我们今日同胞，有几人能达于这样举世钦仰的地位。只有林怀民才是为国争光，只有林怀民才称得起是二十世纪伟大艺术家。我不写出来，对不起万千同胞。

总的说来，我不反对西化，我反对一知半解的洋迂，见洋就昏头着迷。这在我们学术界最普遍，他们是一肚子草包，满脑子创新。奇说诉不完，怪招出不尽。而且弄得新就是洋，洋就是新。洋迂之称我在大学讲了三十年。十多年前讲给自美国回来的两位具潜力的青年学者。他们是周昌龙和张寿安两位博士，可作证明。我们这一代洋迂，多如过江之鲫，令人忧心，改良戏剧，少不了受这一风气影响。祝愿国人早日回头想想。一个伟大民族，为何有这样多洋奴才？

晚王尔敏敬启

二〇〇四年十二月九日

第八信　中国戏剧精华俱在念唱做打

曾复年丈道鉴：

京剧艺人最常提一个内行职业守则，就是"唱、念、做、打"。士大夫学者不加深究，视之为戏班子里的行话，虽然熟知却不重视。殊不知源有所本，有悠久传承背景。稍稍阅读元曲、杂剧，这个原则早通彻于元代，多番见诸曲本文字，看看那些曲本上所夹附于插注中的几个字眼，已有唱、白、科三字，不同部位出现。这就是曲本上指示出的"唱、念、做、打"的直接来源。只是科已代表做和打两个动作。做也是表，打也是表，表就是科。我们从这样常见的实证领悟到什么？领悟到自元代起中国戏剧就特别重视表演，而表演方式则分出科、白、唱三层，也就是今日艺人所宗奉的唱、念、做、打"四功"。如果谈学问吗？这就是学理根据，世人不可轻忽。我自是一个浅薄的外行，但可以奉劝向罗锦堂、曾永义去请教剧曲中的科白。我坚持一点认识，就是中国戏剧是全方位的全能表演艺术。

西洋歌剧的庞大乐队与男女高音的歌唱造诣，在中国是不能望其项背，有天渊之别。中国不必在音乐方面力求追逐，那也是西方高难度高水准的艺术精华。中国既不必为此感到自卑，尤不必一意追摹，这只能是东施效颦，徒增其丑。请快快打消模仿的念头吧！

我在此大胆的说一点外行识断：就是西洋歌剧（opera）除了音乐之外，一来全无念白自不必说。而做功武打则远远不及中国戏剧，也是有天渊之别。国人应该知道各有长短不须自卑。每种剧艺各擅优长，应作发挥，不可羡慕他人，邯郸学步。须知鸭鹜颈短，续长则悲；鹤鹭颈长，截短则忧。国人若爱京剧，没有必要拿洋人的宝贝改造自己。

须知西洋歌剧虽表现布景堂皇，服装华丽，而其做表却全不见精彩，只在歌唱上达到高水准艺术。不要以为我有偏见，可举实例说明，我举我看过的罗西尼的歌剧：《赛维利亚的理发师》（The Barber of Seville），罗西尼是十九世纪伟大歌剧创作家，所作著名歌剧有三十六种，最著名的一出是《William Tell》① 半神话的故事。我未能得机看到。只在英国看到常上演的《赛维利亚的理发师》。当然理发师是男高音主唱，观者不能拿小丑看待他，他固然是穿着理发师行装，却有不少吃重的高难度唱段，尤其有一段急速紧快的唱腔，听之令人激赏，却并非纯滑稽腔调。平日清唱家，多不肯拿出来演唱，理发师在于成全一对相恋情侣，前去贵族家里为其刮胡须，果然真正写实。连泡沫胡子膏也上了场。他用毛刷把胡子膏涂在伯爵的上下唇和面颊，竟也抽出闪亮的剃刀，哎呀，这一刀下去，刮下了一条膏沫，第二刀尚未出手，主人就翻身站起来抹掉那些胡子膏。想想再刮个几分钟，还能够增加多少剧情，说穿了也是象征性，意思意思。

看看中国戏剧，胡子全是假的，称做"髯口"，尚有不同类别，不同名称。大约不下二十余种，想想有这么多样的胡须，就会知道中国戏剧最重表演，已具有艺术深度与广度。内行区分，有白满、黑满、白三、黑三、参满、参三、黑札、红札、红黑短髯、白绺、黑

---

① 即《威廉·退尔》。

绚、八字、一缕，名词不对尚请曾复丈更正。这些是表达不同角色而用的，比西洋戏剧自是复杂精奥。这尚只是静态看法。须知中国艺人在运用髯口的表演上有精湛造诣，各类文武花脸文武老生以至丑角，俱能作出精美绝伦的挑须、抖须、捧须、捻须、甩须、握须、抹须、捋须、吹须等悠美动作，表达不同感情，在所必有。这是高度艺术，也是功力。像厉慧良演《汉津口》，这戏全靠功架，不在武打。他始终沉着稳重，举动坚毅，步步身段，俱显出大将之风。他拉长髯，一展手间，把胡须甩上左肩，神色威严，令须髯缓慢落下，确能表现关公神武。决不是大耍刀花，就会吸引观众的心情。髯口是假，艺术是真，我们监赏戏剧，在此不在彼。

中国戏装古典不变，国人俱能接受，与当世区别，亦有必要，西洋歌剧、芭蕾亦少用时装，即令每季均有新设计，亦绝不趋合时尚，戏装终是戏剧专有。京剧中大多数戏装除丑角、花旦以外，俱附有水袖，是中国戏剧特色。而在演戏功夫，有复杂多样的做表花样，随行动、感情而有不同表演。惟以旦角最为多彩多姿，生行其次。中国戏若去了这一套，就不成为中国戏了。这里面有太多的功夫、学问、技巧，我是外行就难得其三昧，只能请教内行艺人，方可再下评断。千祈不要鲁莽乱改。

京剧做表，尚有耍翎子、耍扇子、耍马鞭。其他武器，更不待言。这也全靠专业训练，俱要耍得精彩，方能博得喝彩。

西洋歌剧极少出现武打，只有上次提到十九世纪法国作曲家比才（Ceorges Bizet）所作的名歌剧《卡门》（Carmen），其中有一场斗剑场面，已算是罕见的代表了。而中国剧中武打场面千倍于西方，至于花样繁多，打斗之激烈，实万倍于歌剧，大有天渊之别，我愿尽责作此比喻。像武生的打斗戏我在港亲看过李小春的《安天会》（猴戏）、张云溪的《武松打虎》、刘洵的《武松打店》、厉慧良的《长坂坡》、俞大陆的《挑滑车》、杨少春的《林冲夜奔》。我也在台北看过李宝春的《挑滑车》。我在台多次看过《三岔口》《白水滩》。在香港看过武丑张春华的《三盗九龙杯》和蒋平《大破铜网阵》。在台北看过张春华《三盗九龙杯》和《刺巴杰》。也看过李环春的《林冲夜奔》、张富春的《金钱豹》。西洋的歌剧、芭蕾那是万不能及，相差太远。

你也不要以为中国武戏没有来历，八百年前，元曲里面已有《单鞭夺槊》演尉迟恭的武剧，是名家尚仲贤所作。又有《李逵负荆》（即今日的《丁甲山》）是康进之所作，又有《黑旋风》，是高文秀所作。如果看了王实甫的《西厢记》，其中有孙飞虎包围普救寺一折，而由张君瑞派人求救于白马将军，这当一定有武打场面，《三战吕布》也出现于元曲。肯定说，打戏早在元代已上场了，请勿怀疑，决不是清代后起。再补充一句，上举四种元曲，在十九世纪西方都有翻译之本，而没翻译《三战吕布》。

对于西洋芭蕾舞，也全只是舞蹈，宗旨仍是音乐导向，而比歌剧自是活动最大，表情丰富，不但不唱不念，也极少有打戏，自亦罕见此类表演。不过并非绝然无有，我有幸在英国剧院 Covent Carden 观赏过一出芭蕾。是二十世纪俄国作曲大家普罗科菲耶夫（Sergei Prokofiev）所作的《罗密欧和朱丽叶》（Romeo and Juliet）。稍为点明一下，普罗科菲耶夫也是作歌剧出名，歌剧名作有《战争与和平》《三个橘子的爱情》。不过他所作著名的芭蕾曲也不少，以《彼得和狼》和《罗密欧和朱丽叶》为最著名，我在英国看此芭蕾，作曲家已逝世十年了。而此剧则常上演，本事出于莎士比亚的舞台剧，世人俱知其中有斗剑场面。芭蕾也有斗剑，原是朱丽叶堂兄与情人罗密欧斗剑。舞台上二人厮杀俱要配合音乐，果然是罗密欧一剑刺死对手。没有那么写实，决非一剑穿心，血流五步，连衣服也未划破，一滴血也见不到，只是剑下倒地，人被刺死，罗密欧也就先自下场。音乐演奏不停，忽然尸体跳起来大舞一阵，更拿出四弦琴拨动。这是什么意思？你须懂得象征，这是死者灵魂，表达死后的回想心情。像这类死了复活，石人变活，剧中鬼魂出现，他们固然科学发达，而在艺术上、文学上一样不断有神话故事、鬼神故事。只有我们二十世纪，才忌讳特多。这又算不得真洋，而是假洋。把话转回来，我是清楚宣示，西洋剧艺中，除了电影电视，武打、战争以至星际大战，有惊人惨烈的打戏，以舞台剧而言，则是十分罕见，远逊于中国戏剧。

晚王尔敏敬启

二〇〇四年十二月十一日

第九信　从许道经先生的讲演说起

曾复年丈道鉴：

我大约是二十多年前，在台北听了许道经先生的讲演，这是很有特别内容的谈论京戏，是向来谈京剧者所未尝一见的论点，宗旨在肯定京剧艺术的精美，而慨叹京剧之没落消亡。事隔二十多年，我的记忆退色，也是十丧八九，无法倾述。

许道经是何方神圣，我只在听讲演时见一面，他送我一个名卡，我见到他是科技界一位机械工程师，由于我住处迁移多次，名刺亦早不存。惟听其口音相信是福建籍而长期流寓海外，其所谈西洋，以英国为习见而多所举证，故相信其久居英国，而此期被约聘来台。我这一段记载，毫无学问根据，俱只是凭印象而下笔，若有许先生亲友见了，可以推翻改述。

许先生之可贵处，走在我之前第一个拿西洋戏曲包括歌剧、芭蕾和中国京剧作比较的人。我今日谈京戏，要晚过他二十余年。因为我的所听一次讲演，记忆不深，所以这里只能说从许先生的讲演说起，此下一切言论观点，全由我一人负责，决不推诿到许先生之所见。

许道经先生也是主张中国戏剧维持象征艺术特色，不要羡慕西方的写实。许先生讲到西方戏剧对于要演人的死法是想尽法子都做不好，是怎样的一死倒下，动作很高难度。而中国戏剧就做得简易轻松。人有各种死法，随剧情变化，要演各种不同的死，那是太难。他说到要表演跳楼一死，那太惨烈，即使逼真，也博不到喝彩，他这一说，反而使我们席下大为鼓掌。

我在这里要借用许先生讲演作引子，是因为许先生也讲到西洋的任何戏剧，演鬼怪都很容易，就是演动物很不容易，就是真马真牛不能上台，假牛假马总扮不出来。他也看到用竹笼扎好骨架，上糊皮纸，虽像真马，骑也不便，拉也不走，有的马腿僵直，只能摆一下，有的四只马腿吊而郎当虚悬在架坐上，只靠肚下一根隐色细柱撑着，下接一个有四轮的方盘，可以滑动，也无法骑。这使西洋设计家伤透脑筋。许先生也批评过天鹅湖里的天鹅,直说无论如何扮,也不像鹅。说它是象征,那就通了。总之,许先生的讲演,使我们开了窍,恢复了信心。这是我向来闻所未闻的谈中西戏剧。

我们大致可以澄清一点认识。真牛真马,不能上台,假牛假马上不了台,可知无论歌剧、芭蕾,俱都避免有动物扮演一角。我回想多年所观赏的名家歌剧、芭蕾,真的没有看见有鸟兽鱼虫出现,我自是浅末,只能承认见识不广。西洋歌剧威尔第的我看过四种,普契尼(Giacomo Puccini)的二种,莫扎特(Wolfgang Amadeus Mozart)的二种。其他罗西尼、比才、古诺(Charles François Gounod)、奥芬巴赫(Jacques Offenbach)、瓦格纳各一种。这里要作附带说明,本年北京上演的《罗密欧与朱丽叶》是歌剧,是古诺所作,我并未曾观赏过。这信中所举的例子《罗密欧与朱丽叶》都是芭蕾舞剧,两者大有区别,在此说明,免待高明之家质疑。我所观赏的芭蕾,尚有两种,一是《吉赛尔》,一是《葛蓓莉亚》,俱是西方常演的芭蕾,我已忘记作者为谁。有一点印象很清楚,就是我所观赏的这歌剧、芭蕾,没有一出会有真假动物出现,可以旁证许道经先生的提示。

中国戏曲普遍表演假动物上台，龙、虎、狮、豹、鹿、马、牛、羊、猿、猴、猪、狗，无不上台，增添剧情，不可缺少，但俱是人扮，不用真品。猴子戏，有最大发挥，独造精诣，人人喜爱。其次虽演配角，而表现高难度功力者，可举《武松打虎》那个对手配角假老虎。这一出《武松打虎》由张云溪主演武松，是短打武生名家，在香港上演。不但张云溪武打俐落灵活，而台步功架，动静神色亦表现得威武潇洒。我最具深刻印象的则是表演假老虎的角色，忘记是那一位丑角担纲。这虽是假老虎，演扮却逼真，全身包括双手双足，完全密裹在假罩虎皮之中。只有前面老虎头口有视孔，无论跳跃翻滚，纵窜横转，俱增加不便，多耗气力。我看过这场打虎情节，以为难度最大，功力最深，表演逼真，要算得上叹为观止，这场全仗这位假老虎配角，我亦认为是生平难得一见。其他扮假动物者不一而足，像《水漫金山寺》《八仙过海》《虹桥赠珠》《哪吒闹海》，俱是水族动物大显身手。演蛤蚌、乌龟、青蛙，俱有多样打斗戏，本领精湛，表演精妙。足见京剧内涵之丰富，表演方法之多样。以打戏而言，西洋是望尘莫及。

我们决不要自认象征艺术感到自卑，也并非写实就算最好。更不能假定西洋人不重视象征。哎呀！愈是文化最高，其象征也最多最富，不光是戏剧，人生一切多能连上象征，天天发生。西人也一样看法。想想奥林匹克世运会的传圣火，就是今日全球最费人力物力的一个象征。咱们中国跟着西方象征伏仰起卧，其例甚多。我们的学制可以西化那很紧要，但是学生大学毕业取得学位竟一定要戴一顶"莫名其帽"，身上穿一袭"无所谓袍"，才算是学业完成。这不就是无意识的模仿西方象征？西人学者自修道院毕业要戴道帽穿道袍，形式花样各有不同，我们这种无意识的全盘模仿，即令累积百年，也还是莫名其妙。西方较有历史背景的国家都重视象征。因为文化越高象征越多。拿英国来说吧！说他们很讲法治，人人都知，而法治权威的象征，就是法官问案时头上戴着号称 Wig 的假发帽子，是象征法权的尊严，这一体制，也影响香港百年。

我们看京戏要演曹操统率八十三万大军下江南，著名的经典剧称之为《群英会》。八十万大军，只用八个龙套，八员大将就足代表，我认为是十分恰当。比较歌剧《阿伊达》，近年已在上海上演，并上电视，我在英国所看凯旋行军与之不同。不是由左到右从前台走过，而是特别设计自台右从斜坡直下到台前地下，看起来要威武壮观，人朝前面步步走下，进入台前地下。虽然如此逼真，看来也是象征。将军远征外国，少说也有二十万大军，能在凯旋全出现吗？即令演来盛大壮观，摆出来的也不超出百人。这样改装舞台，大费周章，仍然不脱象征手法。最大的破绽，将军仍然是由左到右在前台出现，却是一步一步走来，没有真马，也没有假马，原来没有马队。将军指挥作战也全是靠两条腿走路，不免寒酸。这让你看出也全是假了真不了，并且假得也够笨。

晚王尔敏敬启

二〇〇四年十二月十三日

第十信　京戏上下场自具艺术特色不可废除

曾复老师道席：

中国戏剧，讲究做表，有高深造诣，远非西方歌剧所能比侔。表情表演复杂繁难，有极高水准。不可舍己耘人，不可邯郸学步。

中国话剧，启运于二十世纪，早在上海、广东有所谓"文明戏"。自是全袭西方剧艺方法体制。因是而造成中国戏剧新主流艺术。当为百年来最成功、最具发展前景之剧类，后来由电影、电视之丰富表达，其根本仍是来自话剧中全部内涵。这俱当以全盘西化待之。电影、电视不受启幕闭幕约束，就弃绝了这一套。而话剧则绝对宗行西制，一概行之于舞台演出。此是西方早已形成，亦自当一例遵行。惟在中国自金、元以降，所有演出，一向不用帘幕，自其创始，即有上场演唱，演至一段即行下场。传统戏楼固定在台上自右门出场，至左门入场，门楣大书"出将"、"入相"以示定则。

我们莫以为中国戏剧创始于元代，元曲之壮盛繁伙，是成熟阶段，学者慎思，无不上推至宋、金时期。在此可以肯定举示，中国戏剧的舞台形制，早已定于金代，嗣后相沿数百年以至今时。有一个真实证据，是在二〇〇三年已发现金大定二十三年（一一八三）在山西临汾牛王庙，尚峙立一座戏楼。戏楼坐南朝北，楼基正面，青石条上刻有童子、莲花、缠枝花等图案。上方有石刻题记云："时大定二十三年岁次癸卯仲秋十有五日。石匠赵显、赵志刊。"这项文字，说明戏楼建置。而尤其重要的价值是戏楼坐南朝北。这一建楼定制代表自此（当不止此时）以后八百余年中国戏楼建筑全是坐南朝此。一直与皇宫、神殿等建筑保持其供观览游赏的一个卑位。此项体制为后世信守至二十世纪。显见工匠比学者更能严守规制，令人深为感慨。

话剧本是全盘西化，自宜一例应用启幕落幕。而中国任何传统之戏，全无模仿必要。说真的，一种戏剧原为一种精致艺术，像这种拉幕落幕实为最粗拙的表现手法，不得已而为之，岂可取法乎下，得其下下？国人盲目，实所不解。大抵只有在检场需要，可以拉下幕来，遮掩人的眼目，当须立即拉卷上去，仍以上场下场为演戏正轨。

演员上场下场，依戏情不同有千百做表手法，决无雷同，亦决不能相同。剧情关键自要把握，而表演的功力绝诣亦可借此有出色表现。我观剧最少，尚能解悟，其他高明监赏家、老戏迷，定能三天说不尽上场下场妙处。何以电影电视一向不用启幕落幕，可见打破舞台拘限，谁也都要丢弃这笨拙方法。中国戏剧出场入场，本已缔造精诣，偏要走洋人笨路，自炫得意。全泯自识，亦无自信，这是显例。

西洋除了市井草台哑剧不用启幕落幕，其重大剧种话剧、歌剧、芭蕾、轻歌剧、歌唱剧，则全有启幕落幕一套。我人熟习话剧，可以不论。其在歌剧、芭蕾则是毫无例外。启幕之前，管弦乐队先奏序曲，任何歌剧、芭蕾必宗此法。序曲奏完立即启幕，已是全景呈现，人物或唱或做，俱已入戏。唱固重要，布景设计每演必用尽心思花样翻新。我在英国看了法国作曲家古诺所作著名的《浮士德》（Faust）歌剧。一启幕舞台上新设有六位盛装仙女，悬空坐在舞台上端的花盘式座架，以不同高低八字形分列两排。不过仙女不能任意上下,始终在半空中挂着,虽然点缀了舞台,却并无出色表现。有关戏中任何唱段,亦算不得重要角色。直到落幕不过如此,而报上剧评则推为巧妙设计。像这样花大钱装饰舞台,西人乐此不疲,但何补于戏艺内涵?能会维持长远?只为拉幕一下令人惊奇,就不惜弄活人布景,这是走火入魔。

关于意大利歌剧家威尔第的作品,我观赏过四种,有一种已完全忘记剧名。在前次所提一种外,看过他的《茶花女》(La Traviata)和《弄臣》(Rigoletto)这两种。像《弄臣》这出戏,在男高音之外,男低音也是一个主角,有吃重唱段,亦具特殊深澈剧艺。《茶花女》中的男低音是阿尔芒的父亲,一样有精彩沉着的唱段,因为中国声乐名家斯义桂是男低音高手,擅长这类角色,在我开始任职近代史所期间,因同事感染,又听过斯义桂的唱艺广播,故而对这两戏心里早有准备。抑且这两戏的创作均早过阿依达。所以在伦敦并未放过机会。《弄臣》这出戏,一启幕就进入剧情高潮。序曲奏完,幕一拉开,立即展现男女宾客云集,围坐一个大椭圆桌进行酒宴。装表人人低声交谈,男女侍者捧食奉酒。宾客互相举杯,开始只有音乐演奏,可见到一个热闹的宴会实景。在此须加一句提示，西方观赏歌剧、芭蕾，除我们外行人之外，大多数要每人自备一副专用opera glasses，就是小型双筒望远镜。像这样宴会表演，是真了假不了。决不能拿起空杯欺骗观众，自然有人看出破绽。要写实，从酒瓶里倒出来不管是水还是酒，就是杯中酒不空。这真笨拙。

戏剧一开场就进入高潮，这家主人的门下，男低音所扮的丑恶小人，在大庭广众羞辱席间一位贵宾，讽嘲他的老婆跟这家主人通奸，令全席轰笑。未料这位家臣正在兴高采烈，被对手反唇相讥，指称你的女儿也会被伯爵主人勾引。这一下音乐有一个激转，几把这丑人打入万丈深渊。由是生起毒心，要对主人下毒手暗杀。

这个样子丑陋、心迹恶劣的老人，对女儿十分心痛，有一场和女高音的对唱，劝说女儿远离色魔，同时告知女儿就要杀死伯爵。

又一拉幕，是这个丑奴由上场门正式出场走出来，手中拖着一个黑色大布袋，缓慢拖行十分沉重。剧中交代他要把杀死的伯爵拖到河边去丢到水里。河在那里？河在前台台口，因为他是向台口走来，哎呀！果真往下一丢，岂不要砸到乐团指挥的头上。但他刚到台口，音乐转变，原来后面传出了伯爵的欢情唱调，就是著名的男高音喜唱的《善变的女人》。丑奴一听，伯爵未死，立刻惊慌打开布袋，原来就是自己的女儿。妙在尚未死透，身上没有伤痕，也未流血。于是最后的女高音精彩唱段展现出来，男低音对唱，也表现感情丰富，令人哀伤欲绝。女儿自然倒在父亲怀里死去。这出戏作成早于《阿伊达》二十年。威尔第的名作甚多，是十九世纪一位伟大剧作家。

回头来看中国戏剧，自无法与西洋歌剧争较音乐高下，实是各有长短，而中国的做表，则是千变万化，精彩万分。西方各样剧均不能望其项背。在上场下场之间，就是展现念、唱、做、打的各样表演。演员各现绝活，各有独到胜境。以打戏而言，武生的长靠名剧有《挑滑车》《长坂坡》《铁笼山》《火烧裴元庆》等。我可用四字形容，就是美妙精绝，都已成为经典名剧。武生短打有《林冲夜奔》《三岔口》《白水滩》《刺巴杰》《拿花蝴蝶》等。而《三岔口》中武丑和《三盗九龙杯》《时迁偷鸡》等亦是精彩绝伦。武旦戏则有《扈家庄》《天门阵》《泗州城》《打焦赞》《战洪州》《大英杰烈》等。老生念唱做打，全出齐者有《定军山》《阳平关》《伐东吴》《战太平》《镇澶州》等。我最欣赏者有俞大陆、高牧坤、李宝春各人的《挑滑车》。看过厉彗良的《长坂坡》《锺馗嫁妹》，也有河北梆子裴艳玲的《锺馗嫁妹》和《哪吒闹海》。看过杨少春的《林冲夜奔》，张春华的《刺巴杰》《三盗九龙杯》《蒋平大破铜网阵》。我也喜看做表精彩的《花田八错》《春草闯堂》《八仙过海》等。我是看戏最少，知之亦少。但印象深刻，深知其他国家绝无如此水准。这些俱是国宝，人人都要珍惜爱护。

晚王尔敏敬启

二〇〇五年一月六日

第十一信　尽可增编新戏不可删改旧戏

曾复老师道席：

随世情风气变化，京戏名家老伶工都会编新戏，以吸引观众，增加收入。凡梅兰芳、程砚秋、荀慧生等人俱有其排演之新戏，标示独创，号召识家，也都大半成功，受到观众欢迎，亦并形成一家私房戏。私房戏未必新编，而是名角有独到精诣，常行之剧本，也会形成一家独创，此非剧本之独，而系演艺之独。如周信芳唱《四进士》《斩经堂》《徐策跑城》《萧何月下追韩信》，俱已唱成麒派专门独到之戏。惟《明末遗恨》《海瑞罢官》则是新编。此外《借东风》《淮河营》则为马连良唱成马派戏，所知太少，无从细举。

样板戏是新编时装戏，未有一家唱出名，难成私房戏。好像民主时代戏剧也是天下公器，何须成流派。这是错估。但凡艺术即使天下公有也必不免产生流派，是艺术风格独到，并非文化特权之独占。科学发明尚有专利，艺术创作亦须崇重。无论绘画、雕塑、建筑、音乐、戏剧，其造诣没有止境，俱恃各家独到专工，方可达到超越凡庸境界。举例看，俄国大提琴家罗斯托罗波维奇（Mstislav Rostropovich）和我同岁。他第一次走出铁幕，是在一九六五年在伦敦演奏世上所有著名大提琴协奏曲，在音乐季和其他交响乐团节目，在 Royal Festival Hall 分开排四个月时间，分别演完各个大提琴协奏曲。我是一次买足各场演奏的门票，我相信只有我一个中国人是得此机会欣赏三十多岁时的罗斯托波维奇的大提琴演奏。这要感谢庞百腾博士的事先传告，庞先生当时在伦敦大学正读博士班，由他告诉我罗斯托波维奇就要来英演奏的消息。罗氏后来移民美国，而其晚年到过台湾八次。台地音乐爱好者也全知道他，但并无人有机会欣赏他的全部著名的大提琴协奏曲（Cello Concerto）。我举此例是说艺术公器便可以用，而特殊造诣则仍归于个人。

大抵自二次大战以后，京戏已走入下坡，独门精艺己不多见。所编新戏亦少，新戏亦不能取得大众爱好，成名真是不易。这时期老伶工多在世，典型犹存。而过到七〇年代以后，无论任何新编之戏，俱难演之恒久。而一时文人才士，自一九三〇年代以后即形成改良戏剧风气。这真是点金成沙，加速败坏，使京剧更形没落。

我之立言陈说主张尽量编新剧，自是因应时代改变，人们欣赏的品味爱好亦有不同变化，新剧即随时代潮流创生，使文化不至僵滞，仍保活泼生机。

我之兴言劝戒不赞成删改旧剧，是相信旧剧创生背景，展演环境，观众习惯，已有长期淘汰，已至根深柢固，已具一定的影响力。其势不易改，不可孟浪从事，爱之适足以害之，改良反促之消亡。

我们二十世纪一代新起文士，有太多的伟大抱负，对于中国文化也要革命要改造。宗旨就是破旧立新，对自己民族的五千年文化看不顺眼，一味打倒铲除，再创新文化。凡社会、政治、信仰、哲学、史学、文学、艺术、建筑，俱要作一番改良改善，但多是只有破坏而不能创新，最多只是搬东西洋陈货，作为模仿创造。八十年来已见成效。我们除了文化虚无主义有成就之外，辉煌的文化仍尚未建立。可惜中国戏剧就不幸跟着殉葬。

我敢说改良戏剧虽是好意，而许多背景渊源一般是很难掌握,很难周顾的。这里不能不举些实例以供参考。

像《打金砖》这出戏,已是大家熟悉的剧种,我看过胡少安、谭元寿、李光、李岩、李宝春、于魁智等人所演这同一个剧目。李光、李岩并未改变任何演法,只是剧名改叫做《汉宫惊魂》。这出戏自明清时原称做:《二十八宿归天》,演东汉开国云台二十八将被光武帝一夕诛戮净尽。正确解断,二十八宿归天这一命名是最合编剧者宗旨。汉光武帝是历史少见的保全功臣,俱享荣华富贵的君主。何以竟拿光武帝演成杀戮功臣的枭魁?原来是暗讽明太祖之杀戮功臣,徐达、刘基俱遭赐死,此剧演至太庙,二十八将英魂群绕,大呼:昏王!拿命来呀!正是倾吐怨恨,暗指朱元璋,岂敢公然指实,自在观者意会。我在港观赏汉宫惊魂,剧情竟改为邓禹出计,以死囚冒二十八将,一一斩首。而后,光武酒醒与二十八将欢聚。改编者以为得计,其实是点金成铁。功臣既不会被杀,如何能喊出来:昏王!拿命来呀!须知编者痛恨明太祖,才借演戏之口,怒斥昏王,发泄冤气。若没有这一招,何必编这出戏?故是戏名有暗示,念白有明指,这才是原作者的用心,乱加删改,全丧失原味,亦无法挞伐暴君,不能大快人心,这戏就失去主旨。

再举《一捧雪》，也是明代之编剧，而有真实本事为据。但戏剧归戏剧，故实则有曲折，多隐晦。原是明将王思质家藏辋川图真迹，严世蕃向其要索，王思质以摹本付予，自藏真本。惟有汤姓裱工，久在王氏门下，却密告严嵩父子，为之衔恨。及王思质总督蓟辽军务，有唐荆川以兵部奉命巡边，严嵩向之暗示不满于王思质，唐荆川又在边受王氏所忤慢，唐氏遂劾其军务废弛，虚糜国帑，遂逮王思质问以斩刑，即而弃市。此故事原本王氏招祸致死，皆由门下裱工汤某之密告，剧中汤勤，演成文士，其余俱非真姓名。莫怀古、莫成俱暗示王家藏宝招祸，"一捧雪"真有其物，乃为纯白玉杯，与王思质之案无关，但亦另有其他官员奉献于严世蕃者。此剧名《一捧雪》，本有喻意，盖言宝物在手，迅即付之清水而已。剧名改为《审头刺汤》，乃偏离原旨了。"一捧雪"久藏大清皇宫，至嘉庆时尚录入《天禄石渠》。而《一捧雪》之戏，亦是经典名剧，不可乱改。

再举一出小生经典名剧是《吕布辕门射戟》。我在现场看过马玉琪所演吕布，我认为这样演可以保留下去，不加更改，主要在戏台上看到两个军士把方天华杆戟抬到辕门，以备吕布远射。虽不合小说原意，亦不必改。《三国演义》已经后人乱改，辕门射戟就非罗贯中原书的文字。先要交代掌故，至少从秦汉之际公元前二世纪之前辕门和中军大帐有很远距离，而辕门的重要标帜，是拿两枝戟交叉，架成辕门门顶。其下至少有两卫士也是执戟交叉站立。吕布所射是辕门门顶上的交叉小戟，不是他自己的兵器。罗贯中原著有说明，而不知被那位笨蛋改写成指着方天华杆戟立在辕门供吕布遥射。吕布指明一定要射中辕门上戟头一个小枝，那是高难度如百步穿杨。这一招就足以追上养由基了，足以吓倒纪灵。即是演戏，我仍赞成不改，正史上有前例可查。《史记》对鸿门宴的记载十分生动。当樊哙得知沛公在鸿门宴上危急，立即拥盾带剑向大帐里去闯，用盾牌排倒帐前的交戟卫士，直冲帐内瞠目面对项羽。这里所载两个交戟卫士，即是持戟交叉，以为门禁。而辕门以交戟架顶，为出入之道，即本此义。虽然如此，这戏也不须改，一切照戏家手法，并无不妥。

但凡旧戏，我俱不主张任意删改。像《红鬃烈马》这出，应该说是荒诞透顶了，包括各大桥段，无不漏洞百出，毫无根据，亦难解通。虽然如此，但已成民间经典大戏，观众未有违言，名角亦大展身手，何须更改，抑且故事无不荒唐，改亦无处下手。举其唱词，亦知难改。如薛平贵唱段有："自从降了红鬃战，唐王驾前去讨官，官封到后军都督府哇！"好像故事肯定在唐朝。但封了个后军都督府这个官可只有明朝才有，这是什么官，是相当于今日副总参谋长。只是降了一匹马，就封到这样大的官，太幸运了。却又来"西凉国造了反，为丈夫做了先行官"，这也欠通。须知明代制度，兵部只掌军政，而五军都督府是掌军令，相当于参谋总长，下分五个中、前、左、右、后都督府。中军都督等于总参谋长，前、后、左、右四位都督即相当于副总参谋长。若果命将出师，后军都督非派成领兵大帅不可，怎会只做一个先行官？抑且无论在唐朝明朝，哪里还有一个西凉国造反？这样一路荒谬下去，就到《大登殿》，在哪里登基？在长安。套一句老旧戏词："自从盘古立地天，哪有个姓薛的登基在长安？"这戏自首至尾荒谬绝伦。我仍主张不必修改。因为这戏已唱了数百年，从明代到现代，久已深入人心，从戏剧艺术来看，名角所展现的都是真实感情，观众受到感动，达到戏剧表演的目的。奉劝另编一千出新剧，但请莫要乱改旧剧。旧戏词之中，也有珍贵的信息。你猜我何以知道这是明代编造的戏剧，就是王宝钏的念白说到："军爷莫非失迷路途?"只有明代称"军爷",以后就不用了。若果不慎一改,我们的戏剧知识就会真的失迷路途了。还有一个实例可以参考。四十年前在英伦常到当代女作家凌叔华女士家拜访,她曾讲起三十年代文学家熊式一,中英文俱健长,就自作改良剧本《王宝钏》,但书出之后(一九三五年),全无销路,改译成英文版,才能在西方图书馆有名录可见。相信他的文笔早胜过《武家坡》《大登殿》,只是这戏有谁来演?有谁来看?莫以为肚子里有一点文才就要插手改良戏剧,那些流行三百年万万千千人受落的旧剧,你有什么特权伸手就改?完全不度德不量力,学养不足,见识浅陋,只凭鲁莽蛮横,动辄改良创造,倾其智虑,制造文化虚无,令人耻笑。

晚王尔敏敬启
二〇〇五年一月十三日

第十二信　西方学者大师看重中国戏剧

曾复老师道席：

中国戏剧，学者王国维所重者并精研者为宋元戏曲，一般识者多熟于元曲，盖俱为一代鼎盛之文学代表，俱在盛世，而非起源于宋金元，乃可明见。据清代同光时期翰林平步青的笔记所述，此戏剧起源说成是唐玄宗时梨园子弟之乐班（在公元八世纪前期，公元七一二——七五五年）。而确能指实表演历史故事之戏剧，应是唐昭宗光化四年（即天复元年，公元九〇一年），由昭宗作曲而排演的《樊哙排君难》，平氏明白指出，这就是《鸿门宴》的滥觞。注意西方，这时期俄国这个国家才刚在历史上降生一个雏形。说来中国戏剧从创生到现在已有一千一百年之久。

十六世纪以降，由于西洋耶稣会士来华，中国文化借此输入欧洲，引起西方学者向慕中国。文学、哲学、历史多因大量翻译而在欧洲传布。戏剧亦随散文、韵文广受注意，广被翻译。在此须加举实，俾使各界信服。我是根据西方材料，尽量求简，但必要切实根据，供世人覆按。

欧洲学者翻译元剧最多，明清则较少。亦特有京剧流行剧目。这里只举元明戏剧，元代实最具规模。在此只举作家及其被译之戏剧，剧目放入括号内：

一、元剧：

关汉卿（《望江亭》《鲁斋郎》《谢天香》《救风尘》《金线池》《玉镜台》《蝴蝶梦》《窦娥冤》凡八种）。

马致远（《汉宫秋》《岳阳楼》《荐福碑》《陈捧高卧》《任风子》《黄粱梦》《还牢末》《青衫泪》凡八种）。

王实甫（《丽春堂》《西厢记》），王氏《西厢记》有十一项翻译，分年在一八六一，一八七二—八〇，一八七三—七八，一九二〇，一九二六，一九三四，一九三五，一九三六，一九四〇，一九五四，一九六七各版本。

李行道（《灰阑记》），李氏《灰阑记》有九项翻译，而有两个年代不明，其余翻译年代是一八三二，一八七六，一九二五，一九二七，一九二九，一九四二，一九五四。

郑廷玉（《看钱奴》《冤家债主》《忍字记》《后庭花》《楚昭公》凡五种）。

纪君祥（《赵氏孤儿》），纪氏之《赵氏孤儿》，在元代戏剧之中，为西洋翻译最早，共有九种翻译，其年代分别在一七三六，一七四一（法文），一七四一（英文），一七五五，一七六二，一八三四，一八四三，一八六九—七〇，一九三七各年。而在欧洲知识分子间影响之大，也是最深远而显著的。

武汉臣（《老生儿》《生金阁》《玉壶春凡》三种），武氏《老生儿》有五项翻译，只查到三个年代是：一八一七，一八一九，一九二三。

郑光祖（《㑇梅香》《倩女离魂》《王粲登楼》凡三种），郑氏之《㑇梅香》有四种翻译，年代是一八三四，一八三五，一八八七，一九〇五。

尚冲贤（《单鞭夺槊》《柳毅传书》《气英布》凡三种）。

乔梦符（《两世姻缘》《金钱记》《扬州梦》凡三种）。

贾仲名（《玉梳记》《金安寿》《萧淑兰》凡三种）。

李寿卿（《度柳翠》《红梨花》《伍员吹箫》凡三种）。

白朴，字仁甫（《墙头马上》《梧桐雨》凡二种），白朴之名在西方只知为白仁甫。抑且以元代戏曲名家而论，白朴与关汉卿、马致远、王实甫三人号称"元曲四大家"。大家之著作均有大量散佚，而白朴则流失更多，我之看重白朴，就是根据郑振铎所论述的《唐明皇秋夜梧桐雨》。

朱凯（《昊天塔》《黄鹤楼》凡二种），朱氏之《黄鹤楼》有三种翻译，分别在一八七六，一八七七，一九二九各年刊印。

吴昌龄（《东坡梦》《张天师》凡二种）。

秦简夫（《东堂老》《赵礼让肥》凡二种）。

张国宾（《罗李郎》《合汗衫》凡二种）。

高文秀（《须贾诔范叔》《黑旋风》凡二种）。

杨显之（《酷寒亭》《潇湘夜雨》凡二种）。

此下则连续列举有一种剧作被译成西文者，并附列原剧名：王仲文（《救孝子》)、岳伯川（《铁拐李》），岳氏此剧有三个翻译。萧德祥（《杀狗劝夫》），萧氏此剧有二种翻译。曹元用（《百花亭》）此作有三种翻译。孟汉卿（《魔合罗》)、杨景贤（《刘行首》)、曾瑞卿（《留鞋记》)、康进之（《李逵负荆》)、刘君锡（《来生债》)、谷子敬（《城南柳》)、李好古（《张生煮海》)、孙仲章（《勘头巾》)、李直夫（《虎头牌》)、戴善夫（《风光好》)、宫天挺（《范张鸡黍》)、杨文奎（《儿女团圆》)、石君宝（《曲江池》)、范子安（《竹叶青》)、石子章（《竹坞听琴》)、李唐宾（《梧桐叶》)、王子一（《误入桃源》)、王晔（《桃花女》）等元剧名家，虽只一种剧被西方翻译，亦是难得之机。鄙人研治粗略，实不免有所遗漏，同时尚有不少被译之剧作，一时尚查不出作者，如《货郎担》《金叶曲》《柳丝琴》《谢金吾》《渔樵记》《碧桃花》《隔江斗智》《马陵道》《举案齐眉》《赚蒯通》《朱砂担》《鸳鸯被》《抱妆盒》《冻苏秦》《神奴儿》《盆儿鬼》《连环计》《争报恩》《陈州粜米》《小尉迟》等剧，西方俱有翻译，鄙人功力不到，多未得主名，甚是抱歉。

二、明剧：明剧之译成西文者，为量不及元剧。谨开列如次：

高明（《琵琶记》），《琵琶记》有九种翻译，我只能查到五种年代，分别为：一八四一，一八七三—七四，一九〇一，一九三〇，一九三四各年次。元曲学者因高明为元末人氏，多将高明画入元代。

汤显祖（《牡丹亭》），汤氏《牡丹亭》有七种翻译，其公布年代为：一九二九，一九三一，一九三三，一九三五，一九三六，一九三七，一九三九各年。

洪昇（《长生殿》）有一九五五年《长生殿》译本。

孟称舜（《桃花人面》）、陈与郊（《昭君出塞》）、李渔（《比目鱼》）、心一山人（附荐《何文秀》）。

三、民国初年京剧之西方译本：

《蝴蝶杯》《乌龙院》《翠屏山》《小放牛》《武家坡》《空城计》《捉放曹》《李陵碑》《连环套》《忠孝全》《取荥阳》《飞虎山》《焚绵山》《金锁记》《九更天》《朱砂井》《状元谱》《珠帘寨》《柳荫记》《蓝桥会》《嫦娥奔月》等名剧。可以看出京剧之广受西方学者之重视。

我人已可判明，自十八世纪以降，元曲明剧已有庞大数量为西欧翻译。可注意之点,是中国文化遗产,在西方学界酝酿出理性自觉,而于十八世纪造成"启蒙运动"时代(The Age of Enlightenment)。值得在此介绍的,是欧洲启蒙大师伏尔泰,从元曲《赵氏孤儿》的启发,而自编一出新戏,称为《中国孤儿》。这是完全另起新义,另编新戏。内容主题是赵宋亡于成吉思汗,京破之前将少子托孤于大臣夫妇。成吉思汗进京杀戮赵氏族人,搜索孤儿甚急。大臣将亲子送上,而其妻不给,忠爱冲突有高潮表达。成吉思汗见到大臣之妻,原是少年时所向慕少女,想纳为贵妃,遭到严峻拒绝,贞妇节烈表现打动咸吉思汗,大臣之子被成吉思汗猜透不是皇孤,逼使交出真孤,大臣以忠义宣白,宁死不交,打动成吉思汗,赦免两幼子死刑。其剧在巴黎上演副题标示"五幕孔子之伦理",广受观众欣赏。伏尔泰以大文豪笔触,发挥中国忠、孝、节、义伦理,为中西学者乐道,我的老师王德昭先生特撰有专文介绍,载于《大陆杂志》,可以参考。像伏尔泰这样一代文豪很领略中国戏剧精神,而我们学界高人全是假货色,个个志高气扬(敬告:这是原典,而趾高气扬是俗习),而虱在伏尔泰衣缝,全然无法放在一起看。

伏尔泰的《中国孤儿》自非歌剧。而自有大歌剧家普契尼（Giacomo Puccini，1858－1924）利用中国民间小曲《茉莉花》为全剧主调，谱写中国故事，名为《图兰朵》（Turandot）。这出戏三年前在北京太庙演出，轰动国际。普契尼的著名大作是《Tosac》，虽然我也逢到伦敦公演，由于世界女高音卡拉斯主唱，票价固然贵，而抢票疯狂，我是轮不上，故未得观赏，引为遗憾。至于《茉莉花》之输入欧洲，我在一九九三年有专文介绍，即：(《茉莉花》等民歌西传欧洲二百年考)，收载于《近代文化生态及其变迁》，二〇〇二年为百花洲文艺出版社印行，可供批评指教。我举这一点，要说明西方学者是一直重视中国戏曲，以至十分俗浅的小调，《王大娘锯缸》《小放牛》《十三层塔》也都有翻译。有文界泰斗伏尔泰以为表率，我国二十世纪还未见生出这样伟大学者，可以够我们全体静思反省了。

晚王尔敏敬启
二〇〇五年一月十三日

第十三信　文化解体引致京剧没落

曾复老师道席：

最初预计写十二封信，然尚不能把话说完，只好写到第十三封信。大体可以看个始终眉目。我于京剧致力太少，用功不深，阅历更浅，像是蜂鸟腹肠，积蓄极其微薄，自无法作进一步深入研讨，我的所知所见，到了此信就可当作一个讨论的终结。我自然尚有一些琐碎的想法和经验，终觉不够重要，不成体系，不值再入于文字，亦并不认为有何遗憾。

这里要提出一个极关重要的问题，就是京剧为何会没落？我看各界爱护京剧的朋友，应该都会想到。最值得反复思考的是为什么要改良？改良有何功效？为何要挽救？挽救的计虑、设想、手段、途程是如何推动？古代庄子有一个具深思的寓言，天然生出来一个有生命的混沌，混沌是混混沌沌的安然活着，虽有生命却无任何作为，也不知美丑善恶。一群聪明人热心的帮他开窍，一天凿开一窍，到第七天虽然开了七窍，而混沌却死亡了。这有深思的借喻哲理。我看二十世纪以来的伟大学者、文士、政坛名流，都因爱好京剧而忙乱着改良挽救，大众倾尽诚心，耗费精神，岂不令人敬佩。不过他们越忙，情况越坏，渐渐将京剧整治死了。我看以我们这一百年来的文化变迁来说，从二十世纪初起，领袖伟人们所作所为是要从根本上改造中国文化，努力百年，才有今天的结果。

历史事实太明显了，历史纪录太丰富了，有心人该研究研究，应可追考出具体答案。从根本来看，中国戏剧是一千年生生瓜瓞绵延而开出香花结出美果，这一千年来靠什么滋养使之繁茂壮大？自然来自中国文学生命的旺盛，文学自是直接输送养分的枝叶。先有枝叶的瀹蔚丰腴，才可生出优良花果。想想三千年来中国文学创绩，代代俱有开拓，代代俱放异彩，在世界上独步胜场，欧美汉学家多重中国文学，是以在中国文献典籍中，西方翻译以文学为最多，我编的有书，可以参酌，并非河汉其言。但是中国文学自然生长,是靠什么滋养?是靠文化中粗壮挺拔的巨干,其内涵自较繁多复杂。文学是一个庞大无涯的学问,中国人才辈出,代有大家,其主要滋养来源则包罗固有信仰、传说、哲理、史乘、艺术、建筑、乐府、词曲、风俗、习惯,以至各类宗教,俱对文学提供滋养,当然也会吸收异国风俗习惯文学艺术。总之,中国文学生命力强,宽博开放,能够广为吸收文学滋养。但主体以本国文化为根源。至于这个肥硕健壮的文化巨干又靠什么滋养呢?就是那历代千万圣贤心血所钟,而经久深植的一个盘环纠结的根。它的吸收滋养,就是古代经典诸子百家,九通二十五史、佛藏、道藏、历代诗词、民间曲艺,以及乡言俚语,俱以培养这个文化巨根。从根至干,从干至枝叶,从枝叶至花果,输送滋养不能一日间断。这是文化整体生命,我们应当有所觉识。

今日的爱护和维系京剧的人士,所尽心力,所做善行,只是像保持香花美果不谢不坏的功夫。等于瓶中之花,盘中之果,是不会久长的。自是所谓冰冻三尺,非一日之寒。前代文士伟人,要开新风气,是要打倒"旧文化"创造"新文化",这样功德已做了九十年了,三个世代了。自民国六年(一九一七年)胡适提倡文学改良，陈独秀提倡文学革命。中国文学之命已开始割了，接着就有新文化运动，文化之命也被割，成了一种"运动"，上下大小男女如醉如痴，在共同割中国文化的命，这是一个大潮流，有几人能清醒呢？我和我同学是第二代，我的很优秀的同窗不下十个留洋博士级，都认为中国文化须连根拔起，如此方能造出新文化。他们已是学界领袖大学教授，其他各大学派各大学，这类人士如过江之鲫，大家倾巢而出，还想文化不被割光吗？我的学生门人，已是下一代，如同隔世，早已不重不信不学不顾中国自己的文化，而一概倒向全盘西化。哪里是全盘西化，实际只是全国的文化虚无主义。这一代中国人很生疏很瞧不起什么千篇一律的落难公子、守贞小姐，以为庸俗，却惯熟西方的庸俗白马王子、机智的公主，中国人自己不知民俗习见的和合二仙、哼哈二将、善才童子、大头和尚、孙悟空、猪八戒、西王母、母夜叉、七贤、八仙、十三太保、哪吒、二郎神、牛郎、织女、西门庆、潘金莲、林黛玉、贾宝玉，却惯熟米老鼠、唐老鸭、彼得潘、小飞侠、灰姑娘、老巫婆、亚当、夏娃、罗密欧、朱丽叶、三剑客、睡美人、十二门徒、圣诞老人等西洋的浅薄庸俗，只有不同，有何高明？但可足以洋气傲人，就是如此，你该怎样？既然如此，那就看中国戏已不能懂，也不会欣赏，比之洋人看中国戏更会心里拒斥，眼下讨厌，只有看歌剧、芭蕾，才算懂得多。因此我们的高人用心改良的戏剧，最终是没有观众，吸引不来人的爱好，不必怨艾。喜爱芭蕾，那还易懂，须知在欧洲的歌剧是有两个系统，演得最频最能吸引人的是意大利语系统，其次是德语系统，我这两个语言全不懂，不限于我，这些歌剧经常在英国上演，大都满座，其中也少有英国人真懂得意大利语，主要靠欣赏音乐，不是追究戏词。敬告朋友们戏剧看表演，戏词不重要。请勿费心乱改。

从二十世纪的文学革命、新文化运动，到六十年代的十年浩劫，中国传统文化一次又一次遭到冲击。只图专救戏剧，那是执迂。因为古书早抛荒了，历史也忘光了，文化已割死了，根已拔了。这时的戏剧还有不消亡之理吗？

愿天下有心人为中国文化的消亡而同声一哭吧！还没功夫去照顾京戏呢！

世界万国自古至今，从来没有一个民族一个国家仇视自己文化，诅咒、攻伐、丑诋、唾弃如二十世纪之中国高人学者那样彻底强烈。三个世代的毁坏蹧蹋，尚未至于结束。眼看已到第四代，没有回春迹象。大错铸咸，大势已定。文化之毁而难复，是一个民族的极艰难的课题，须有极长久的酝酿。鲁莽灭裂毁坏甚快，重新再造是太不容易了。

英国二十世纪大史学家汤因此（Arnold J. Toynbee）研究世界历史，把全世界有文化生活的民族分成二十一个文化社会，又把这二十一个文化社会分别为两类，其中十五个文化社会是向其他文化移植效习而自成一格，只有六种文化社会是自原始先民起就自创文化，他开出这六个文化社会是埃及、苏美尔（Sumer）、米诺斯（Minoan）、中国、马雅（Maya）、安第斯（Andean）。其中已有五个文化社会早已消灭不存，所幸存的只有中国一个。这些文化的灭亡的方式有两种：五个之中有四个是因外力的侵入、破坏、杀戮、驱散而逐渐沦亡无息。只有埃及是自生自灭，自沦灭亡。以上只简略引述汤因比的论点。不幸中国同时出现这两个沦亡危机。自一八四〇年中国陷于列强帝国主义者侵略压迫，至二十世纪有一百五十年之久。无论军事、外交、商业、文化之骎骎内袭，俱是铺天盖地而来，无孔不入的浸澈。同时自一九〇〇年起，嗣中国人丧失自信自尊，崇洋媚外，回头来看起本国固有文化全不顺眼，务要改造、革命，以致连根拔起，完全出于知识分子的思想，原要破旧立新，但经百年已是到了第四代（三十年为一世），而去中国化尚在狂热进行，去什么？去的就是文化文字、生活习惯。我看不到第五世代，而眼前的世代亦不抱希望。埃及之亡，是因为代代降生败类，一再淘汰，终至覆亡，我们即有两世纪外力冲击，又出生代代改革改造，打倒推翻"旧文化"的高手，以自我解体，自我攻伐。这个固旧的老文化社会能存多久，史家不敢预估，且请高明之家多想想吧！

晚王尔敏敬启

二〇〇五年一月十六日

第十四信　请国人参阅乾隆皇帝赏赐英国贡使团看戏这个故事

曾复年丈道鉴：

前曾向吾丈陈述俄皇尼古拉二世在一八九六年陪同中国特命全权公使王之春一同观赏《天鹅湖》芭蕾剧的故事。说来在中国并不稀奇。在那时的一百年前，一七九三年（乾隆五十八年）的中历①八月十四日（一七九三年九月十八日）这一天，乾隆皇帝亲驾观赏戏剧。贵宾之中，邀到英国贡使正使、副使及重要官员九员一同观戏。

英国正使马戛尔尼（George Macartney）具特使身

---

① 即农历。

份。副使斯当东（George Leonard Staunton）使团带到热河的人员很多，有上百人之众，尚不算停留广州的护船海军六百二十人。不过乾隆赏赐看戏，正使副使之外，同来尚有官员和通事九人。计开：公使卫队指挥官陆军中校本生（Benson）、副指挥官巴尔施（H. W. Parish）、通事娄门、代笔（秘书）文带（Edward Winter）、总管贡品官巴罗（John Barrow）、管兵官额鲁（J. Crewe）、听事官白灵（Baring）、伊登勒、贡船船主马庚多斯（Mackintosh）等合共九员。俱随同正副使一起看戏。附带说明一点，这里所提到英国贡使团人员的中文名字，俱在故宫档案可以查得到，曾在民国初年刊布于《掌故丛编》，自非我可杜撰。

虽然，同一史实，中西纪事重点各有不同，清廷当作常行仪节，看戏只是英使觐见中一个关节，乃于看戏场景活动不著一字，连戏目也不提。看戏过程乾隆早已预备给贡使团人人赏赐，这倒可见到事先备好的赏赐清单，因为赏赐人物众多，不能稍有差错，请想想有何隆重？英国国王自不在场，但却先赏赐英王；是一册乾隆亲笔的书画册，用镶宝石的紫檀木匣盛装。此外又赐英王玉玩十件。这一史实英方也有记载，早在1936年朱杰勤翻译云：场景如现，描述生动：

十八日（西历九月），大使及副使等奉诏入宫观剧，皇帝亦在场。一见则招之来前，且谓之曰：朕以八十老翁，犹来观剧，非有童心，不必见笑。盖朕平时日理万机，非有特别庆典，总无空闲来赏玩也。大使对曰：贵国治安日久，自应点缀承平，敝使躬逢盛会，殊用为荣。皇帝喜其言得体，立自座旁取一髹漆木匣，嘱其转送英王，其中有宝石数块，并有卷子一件，则皇帝之翰墨。

中西文据可凭，当可推度这项观戏仪节，皇帝亲临同乐，亲切对待异邦来使，深值现代各国政治领袖遐思揣想。

热河夏宫这场观剧，英使团到场官员，也是个个有赏。在中国方面记载，称为戏台赏赐。

赏赐正使名色：

御笔书画册一件。

玉杯一件。

瓷瓶二件。

瓷碗二件。

葫芦瓶二件。

漆桃盒二件。

赏赐副使名色：

玉杯一件。

瓷器二件。

葫芦器二件。

漆桃盒二件。

瓷瓶四件。

小荷包一个。

赏赐同来使团文武官九员名色：

漆桃盒各二件。

瓷器各四件。

须知乾隆观戏机会，一年之中除了新正元旦，也只有万寿节这么一次。但要借此机会拉来外国贡使陪同观剧，自是在睦邻柔远意义上，表现亲近与友善。颁赐一些赏赉物品，有其必要，也是具有联交与慰借远人之意。不然，何以同时赏赐英国国王？全部用意即表现非同寻常。

想想这场观剧仪节，非比寻常。皇帝何以要出席？来者何以要重赏？何以必须要安排看外人不懂的中国戏？套用乾隆帝一句话："请勿见笑"。我们现代中国人须用脑子想想。

如果能全面了解乾隆对待英国贡使，自会更能明悉中国封贡体制之长久履践之繁密仪节，实有一定仪注体制常规。明、清皇帝是不厌其烦的加以实践。若阅看拙文"明清两代之粤道贡国"就会完全明白。

我们每人必定获得一个表面的认识，站在贡使团中成员也一定相信看这场戏并不寻常，因为有皇帝恩赏物品的节目。但若深入追考英国来入贡的经过，则可以更增添一些认识。英国方面的准备、打算、预期等动机，在此可以完全不表。清廷皇帝与大臣的态度与思虑，在此也暂不去探索。只谈赏赐是人人明见的实事。在此可以说，在清帝的出手赏赐是最省啬最小量的一次。英使团在热河觐见皇帝，一共受到四次赏赐，包括赏给英王，均不少于四次。名贵的是绸缎、玉器、珐琅器、瓷器、漆器五大类，是精致绝艺，举世无匹。茶叶、哈密瓜干和藕粉，才是日常食用品。有一点我必须说明，这完全出于中国制造（made in China）。质言之出于中国能工巧匠。当然在同一世纪，也是外国做不来的。回头想想这次看戏，不也纯是中国固有的艺术品。

其实在英使团回到北京，尚有两项重大节目，一是在圆明园把英国十九件贡品展示出来。另一是最隆重节目在太和门颁赐给英王国书，在此同时叉给英王与正、副使一次优渥的赏赐。

乾隆帝的赏赐，包括伴随贡使来往热河及北京的九十余位随员。更颁赏远在广州留驻的随行海军六百二十人。当时英国贡品十九件，价值一万三千英镑，而其顺便带来的压舱货品在广州售卖，其货由十家洋行分别售罄，扣征税银有一万四千余两白银。单是这一项免税，就与其贡品价值相抵。英国来船三艘，在广州购买绸缎，在浙江杭州购茶叶也全部免出口税。再加至少五番的赏赐珍贵物品，收获可谓丰硕。一场看戏的仪节，自是不过一项小节目而已。乾隆百忙也要现身，这就必须看重其用心所在了。

晚王尔敏谨启

二〇〇六年三月一日

第十五信　北宋伶人御前作俳有真驴上台

曾复老师道鉴：

　　我国文家，扩大眼界自然会延伸至戏剧，文学必然包含戏剧也是无争议的。虽然如此，文家却并非人人都通晓戏剧。因为戏剧表达是综合性的，以文学为脚本，却更要表现音乐舞蹈与武打的艺术。结果文学中的戏剧竟只能掌握到文字上的记载。自金、元、明、清传下来的戏剧，俱集中于戏本。虽注出曲牌名，也无音乐传世，更无表演传世，只见短短附注，全是文字点到音乐与动作。后世无人能恢复前人的歌唱和表演。我们也无奈地根据可靠记载推断揣摩而已。这里谈起北宋，也是不能不借重文字所记。

现今尚流行使用的民间俗语，特别广东省最常用，一句是"歹戏拖棚"，意思是形容一件大事，特别是令人烦恼讨厌之事，反覆纠结，变幻莫测，起伏旋转，总是达不到一个最后总结，像是著名的"巴以和谈"，一拖三十年不见曙光，这就合于歹戏拖棚这句话。另有一句俗语，更是粤人习用，就是"棚尾拉箱"。这一句恰是与前相反，意思一切已到了尾声，就等同戏档已完，戏箱已收妥戏装，等着在棚尾拉走，离开此地了。这句俗话，在一九八〇年代蜚声香港，形容英国就要收拾家伙退出香港了。非常切题，令人印象深刻。

站在戏剧的学问领域，会疑问戏棚一词是广东地方土俗所有吗？当然不是。戏棚在戏剧表演上很是重要。它是起于何时呢？唐明皇梨园子弟时代尚无戏棚。在唐代有教坊的官署，可知已有伶人艺人，却并无表演场地的情式记载。而到北宋却可以见到明确表述。在北宋人的记叙，原来就说源于五代。因为所记之神有柴帝（柴荣）、郭帝（郭威）、石帝（石敬塘）、刘帝（刘知远）等名号。祭祀娱神，则表演傀儡戏，这种娱神表演称做弄戏。凡与神只有关败讼罚系而供祷祀付偿，就许弄戏几棚。这就正式把服装道具化妆于戏棚掩遮区域进行预备，遂亦有开敞前台供作弄戏。因此略可记载戏棚形制起于五代，宋人之说，可以相信。

北宋人对于酬神弄戏也看得透。看来好像是请神欢娱，其实民人自求欢乐，娱神就是娱己。这种弄戏，宋人记载就说："秽谈群笑，无所不至。乡人聚观饮酒，醉又殴击。往往因此又诉讼，系许赛，无已时"（语见朱彧：《萍洲可谈》）。

北宋时代，伶人御前作俳，敢于借弄戏讥讽朝政。事在宋徽宗初期崇宁年间（一一〇二——一一〇六年），即徽宗即位后二年至六年时期。皇家铸九鼎以镇八方，而最巨大之帝鼐居中朝。其时政府从章绖之计，铸大钱以一当十，其用铜时值不过三四文，庶民大受朘削，再加无赖之徒私铸大钱盛行。不意苏州患大水灾。伶人御前作俳，演水灾告急故事，遣帝鼐出镇苏州，扮鼎神者会言，今岁东南大水，须遣彤鼎出镇苏州，鼐神力争不愿，声言恐被无赖铸成大钱，以一当十，苦害百姓。表示逡巡不前。此事提醒朝廷，立即降罪章绖，并降大钱值以一抵三，遂息民怨。

曾记我幼少之年随长辈在七月观赏《天河配》京戏，戏园大榜有真牛上台，颇具号召。其实在北宋神宗时代，神宗即位第一个年号，熙宁年间（一〇六八——一〇七七年）王安石当政，行新法，用新人，征荐人才，不限资格，得其汲引者不下三四十人。遇伶人在神宗御前作俳，伶人竟跨驴直登轩陛，左右侍者加以拦阻，其伶人声言："将谓有脚者尽上，得荐者少沮。"这是表明驴儿更多两腿四只脚，应可得荐而不受止。足以讽喻王安石为新政而滥引人才。这一故事，出于《萍洲可谈》，可惜研治王安石变法无人加以引据。

北宋时代伶人自重自尊，虽只弄戏作俳，却有胆识讥评时政。朱彧提到一位真实人物丁先现，自是伶人中具有使命感者。兹引朱氏所记：

> 伶人丁先现者，在教坊数十年。每对御作俳，颇议正时事。尝在朝门与士大夫语曰：先现衰老，无补朝廷也。闻者哂之。

现在已至民主时代，或者不会揣度到一千年前专制时代是如何的抑制言论。原来伶人的自尊自信与自我期许，宋代自较明代为高。但看来也不输于今代。我们学界也似应予以揄扬与鼓励。

晚王尔敏谨启
二〇〇六年三月三日

第十六信　引介音乐家史惟亮的精深析论

曾复年丈道鉴：

我是完全不懂音乐，唱京戏也不道地，如此短绌，我却十分谨慎小心，酷爱而倾重。因为外行，决不一言伤及音乐之传播。自在大学起，就受到同学感染而附庸风雅的爱听西洋古典名曲与歌剧。没有一天敢自信懂得多少。所以和你谈起戏曲，一直藏拙未敢涉及京剧各流派各行当的念唱音韵与艺术。今天不同，这次要宣揭一位音乐专业名家的谈说，以传示关心京剧同道，信服这位音乐家的识断，而能珍惜京剧中的唱腔与鼓吹弦索之优美卓诣。

史惟亮先生，是我在台湾师范大学的学长，比我高两年，读音乐系专攻西洋音乐，是名提琴大家戴粹伦教授高足。毕业后一面在校教书，一面受聘于台北中广公司主持晚间《空中音乐厅》节目，全面专门介绍西洋音乐。最可贵之处，史先生不单是向国人广为介绍西洋古典音乐，极其引起我的敬重与钦仰的高洁志节，是他对于中国音乐传承的远见与使命感。他著有一本书，结集了他对于中国音乐的传承的观察与识断。

史惟亮先生所著的书叫做《音乐向历史求证》，不过短短八十四页。一九七四年八月，台北中华书局出版。这本书我早看了三遍还不够，今天写此信，是一定要看第四遍。可以称得上是字字珠玑，句句金石。真是精彩绝伦，要不免在此信中拖长申叙与引据了。尚望年丈细细品监。

史惟亮先生对于其所处二十世纪的中国音乐的景况有通澈全局的体认，而敏觉的惋叹生不逢辰。他充分了解当代中国音乐的颓唐、空虚、混乱无方向的处境，明确指出几点，值得今日参考。当今这一时代：

一、是接触、认识中国音乐传统最少的时期。

二、是外族音乐流入中国最多的时期。

三、是最无音乐信心的时期。

四、是学习、创造力最幼稚、薄弱的时期。

史先生形容二十世纪中国之音乐虚无乃至文化虚无,可以说极中窍要,一针见血。世人不用矫辩,应当深思反省。

史先生对于国人丧失文化自信,是看得十分严重。在其撰著此书的宗旨上向人宣示:

> 这是一个史无前例融合中西的大时代,迎接这一个挑战必须先在观念上恢复自我,认识自我。这也就是本书写作的目的。

其书立旨已申说明白,音乐要向历史求证,自然须探索中国音乐的历史渊源,重点亦可见出,史氏用心要一代一代见及中国音乐传统,又要一代一代说明各代音乐演变。他的目的,是要基于过去的成就与基础,以为迎合大时代新的融合与创造,很具有雄心壮志。他的细心探索,将给予我们音乐界戏剧界诸多启示。甚愿较详慎的加以展述。

史氏已大为简化中国音乐史内涵,以扼要叙述,隋唐时代中国吸收外夷音乐的伟大气魄,与开创二百年中外音乐融合的活泼风气。再按史氏所举更简略的约叙大要。

史氏陈叙南北朝以至隋唐的中外音乐交融实况。举隋文帝开皇时期所定七部乐为：国伎、清商伎、高丽伎、天竺伎、安国伎、龟兹伎、文康伎。而至炀帝大业年间，则定为九部乐首：清乐、西凉、龟兹、天竺、康国、疎勒、安国、高丽、礼毕共九部。再至唐初九部乐，而至太宗贞观时期改为十部乐：燕乐、清商、西凉、扶南、高丽、龟兹、安国、疎勒、康国、高昌。史氏据以指出无论九部乐或十部乐，隋唐两代，除清商乐被看作华夏正声之外，其余全是外来音乐。史氏指出，清商乐虽为华夏雅乐，其中亦在南北朝时混入民间俗曲。史氏判定，在中国史上，隋唐两代是吸收外来音乐之高潮，史氏识断可以直接引据：

> 这种大量吸收外族音乐的民族，求之古今中外，仅有二十世纪的美国人堪能与隋唐时代的中国人相提并论。就时间的延续来说，自唐太宗到唐玄宗（625—756）这一百三十年间，外国音乐是排山倒海般盖被而至。外国音乐家如前述的向明达，竟然与朝贤君子比肩而立，同坐而食。又如玄宗时代前后的康昆仑、米嘉荣，都是技艺超群的西域音乐家。他们当时的地位和对中国音乐的影响，并不

下于十五、六世纪欧洲音乐史上奈德兰人的贡献。

史惟亮先生的论断宗旨尚在后面,应予直引:

这一段历史也教训了我们,那文化上的民族自信心是如何的重要。太宗到玄宗时期,也是中国人消化外族音乐最快的时期,举例说,唐太宗时期的十部乐,还都以四夷国名做乐部的名称(如高昌、西凉)。但是玄宗时期的宫廷音乐,却改设了坐、立两部伎。以曲名(如太平乐、破阵乐、景云乐)代替了乐部。胡乐是被消化了,汉化了。而且注入了很大的创作力。

史氏对唐玄宗推崇有加,短短赞誉,对我们如暮鼓晨钟。请参阅其词:

玄宗可以算是把四夷音乐合一炉而冶之的中国音乐家典型之一。他代表的是并不抛弃自我的中国人;并非舍己从人的中国人;更不是闭关自守的中国人。而是创造多于因袭的中国人。

接着对我们这二十世纪时的有个不客气的当头棒喝的论点。史氏提出：

> 我们今天又处于一个西乐大量东来的时代。其大量的程度和其复杂性，远超过隋唐两代，同时更带来了大量的音乐思潮，光怪陆离，史无前例。更不幸的是，我们又正处于一个民族文化信心陷于最低潮的时代。我们有太多的郑译和何妥，独缺玄宗和万宝常。我们所面临的，既非勇敢的吸收，也无真正的消化，与隋唐两代打开大门接受外国音乐的心理状态完全不同。今天之接受外国音乐，是郑译式的投降主义，今天之排斥外国音乐，恰如何妥式的闭关自守。音乐的中国人，你在那里？

在中国音乐史上，史惟亮也专列一章，介绍唐、宋大曲，并论大曲已具歌舞形式，引重王国维之说。像这样专门议叙大曲结构进度与功能之文，可以在此省略不论，节省篇幅。一下就跳到史氏所重视的"变文"和"诸宫调"。自然提到西方汉学家斯坦因（A. Steine）和伯希和（Paul Pelliot）先后在西北敦煌石窟。发现北魏至唐宋的变文。为中国戏剧原始，找到丰富史材。

史惟亮从音乐角度叙议变文与诸宫调，有深刻的探索，确当的肯定，提出新的估断，直指变文结构形成中国戏曲结构之原形，指证诸宫调是中国自创的伟大叙事曲。

变文在唐代发展为僧讲俗讲两种形式，动人的故事曲就成了"讲唱文学"，也就自然演变而出"宝卷""弹词""平话""诸宫调"的原始种子。在这些随变文而派生的各样文题，就音乐而言，史氏则特别重视诸宫调。在发展过程上，史先生肯定变文是上承大曲，下开诸宫调的一个重要桥梁，世人如在未发现敦煌变文之前，在体制结构上实无法讲清楚中国戏剧的生长演变过程。

在此必须说，变文已是说唱文学，其中已包含有"梵呗"、"大曲"，与民间小调，宗旨在演述故事。及至公元十一世纪初北宋时期，就创生编组曲调吟唱的诸宫调。史氏引王国维的定义："诸宫调者，小说之支流，而被以乐曲者也。"因为根据宋人吴自牧《梦梁录》所记：

> 说唱诸宫调，昨，汴京有孔三传，编成传奇灵怪，入曲说唱。今，杭城有女流熊保保及后辈女

童,皆效此说唱,亦精于鼓板无二也。

由此认定北宋汴京,南宋杭城,民间市坊已俱有诸宫调之流传实况。

史惟亮非常重视诸宫调在中国戏剧上的先驱价值。肯定诸宫调的戏剧形式。在此用史氏自己的语言表述更为妥当:

> 诸宫调在文学上继承了变文的散韵相间体,和雄伟的结构。在音乐上则青出于蓝,在大曲之外,更吸取了宋、金、元流行的歌调。这些歌调里还含有"鼓子词"、"赚词"和"缠达"的形式。换一句话说,诸宫调的音乐内容和形式,是集唐、宋、元三代音乐的精华。然后给元杂剧(戏曲)和明弹词(说唱)做了最佳的准备,最深的影响。

世传诸宫调本子只有三种,而以金章宗(一一九〇——一二〇八年)时的《董解元西厢记诸宫调》是完整的本子。史氏非常看重这部戏本,他引重郑振铎的话,称它是一部"盛水不漏的完美的叙事歌曲"。认为需要异常伟大的天才与苦作以完成之的。

史惟亮对于《董解元西厢记诸宫调》的音乐结构和特性，有具体的分析解说：

一、它全部包含一百九十三套曲调。

二、每套曲调中包含两段音乐者有五十三曲。

三、每套曲调中包含一段音乐再加一个尾声者有九十四套。

四、每套曲调中包含多段音乐，再加一个尾声者有四十六套，其中最多者达到八曲加一尾声。

五、每套曲调，不论多少段，都用一个宫调，即是现代人所说的"调"（F大调或小调）。

六、每套曲调或几套曲调之间，杂有散文衔接交代情节。

七、韵文部分，包含了诗、词、曲三种特色，音乐组织是比较自由长短句了。

八、这一百九十三套曲调，其意义相当于欧洲音乐中的一百九十三首组曲（suite，即套曲）。

九、每首组曲采用一个调性，和巴赫（Johann Sebastian Bach）（十八世纪）时代器乐组曲的调性安排，完全一样（见巴赫的钢琴组曲）。

十、在欧洲音乐历史中，以一百九十三首组曲连成一首作品（组曲加组曲）的作法，是从未产生过的，在声乐的题裁上，欧洲人的歌剧或神剧，也从未达到过如此宏伟的结构。若勉强以十九世纪瓦格纳的连环歌剧《尼伯龙根的指环》（The Operatic Cycle: Der Ring des Nibelungen）的规模来比较，仍不啻小巫见大巫。如《董西厢》是仅以一位歌者的力量，连续唱几个月的叙事曲，是史无前例的长篇。

十一、像这样套曲的题裁，在中国音乐历史上，是上承唐代纯器乐曲的鼓吹，下传南宋唱而不舞的赚词。鼓吹是器乐演奏的组曲，赚词则是声乐的组曲，但这两者都不是组曲加组曲，诸宫调是中国音乐史上唯一的最大的组曲加组曲题裁。

史氏谓：谁说中国人没有写音乐长篇的能力？

想想，如果不是史惟亮的慧眼明见，我们怎能自信中国在二十世纪以前早有了歌唱剧伟大创作？

史惟亮先生是全面研究中国音乐的特色与发展，无论问题大小俱不放过，在此处介绍，真是无法周顾。只能选择特别重大之点作一简述。很辜负史先生的一番苦心。这里点点滴滴略提一些过节，交代一下而已。

史惟亮论及由唐诗跳到宋词；由宋词跳到元曲；由元曲跳到明传奇，这些文学发展，骨子里的动力是音乐表达方式的要求，其势使然也。单就文学解说，自是丧失精义。

史氏为使世人明了诗、词、曲演化的音乐结构,专章讨论其时创生的曲调专名。探讨了"词""鼓子词""唱赚""转踏"等类项(占一章),又探讨了"小令""双调"和"大令"(占一章)。这是讲唱需要发展出的门类,也就是推向戏剧的结构基础,在此只能提到,无法详述。下面的重头论题,是史氏所定的"中国古歌剧的音乐结构"。

一般相信中国戏剧起始于元杂剧,实则宋、金均有杂剧,惟结构言,宋杂剧以大曲为主,沿承唐代乐舞,而元杂剧则是俱用诸宫调,自是脱胎于金杂剧。史氏提示再说,元杂剧的音乐结构自是组曲加组曲,实则比诸宫调要加多十曲八曲。算来,可以肯定说以元杂剧为代表,中国真正戏剧应起源于十二、三世纪。这一章一开首就介绍西方歌剧起源于十六世纪:

> 十六世纪末,在欧洲义大利的佛罗伦斯城产生了西洋音乐史中占重要地位的第一出歌剧(opera)。从此它成了欧洲人音乐生活中的最大支配势力。并且促进了近三百年器乐声乐的蓬勃发展。举一个例:今天被视为音乐历史上巨铸的交响

曲，原来就是从歌剧的序曲逐渐蜕变而成的。

可见西洋歌剧要比元杂剧晚过三四百年。

有关元杂剧常识性的如四折一出或有尾声或加楔子，世人多知，史氏亦作简略说明，亦指出亦有五折特例。只是指四折一人主唱，其他皆为配角是一个重大缺陷。

从元杂剧曲调的代换穿插，可以看出其由传承宋杂剧而来，所举各种音乐形式如：唱赚、鼓子词、诸宫调、缠达，俱是宋杂剧中已有的成分。由于元朝政治力的伸入江南，影响到南方戏剧，遂使元杂剧形成北曲，南方受影响之南戏成为南曲。南北曲各作发展，各具一定特色，一般看法是南方重弦索，北方重鼓吹。直到明代杂剧两者的音乐结构始得融合。

史惟亮以元末、明初高明的《琵琶记》作明传奇先驱代表，分析指出明传奇演唱与音乐结构，已经是今日无异最完备的戏剧形式。他举出五点：

明代传奇：

一、不再用元杂剧固定的四折。它不限折数，可以多到数十折。（传奇称折为出）因此楔子的作用也失去了。不再为传奇所使用。

二、传奇有序（称为家门），这是继承南戏的传统，元杂剧中却无固定的引子。

三、音乐是南北合套，所谓南主清峭柔远，北主劲切雄丽，甚至伴奏中的北方在弦，南方在板，也都从此合一炉而冶之了。

四、元杂剧里一人独唱的局面被改革了。既可以几个角色合唱一折，也可以几个角色合唱（对唱、轮唱）一曲。除了音乐风格技巧以外，中国歌剧至传奇时代，在演唱方式上，和欧洲早期的歌剧已不再有任何差异之处。

五、表现了更多的民间性、时代性和通俗性，除继承旧有的传统以外，更吸收了大量的民歌。

这里必须补充说明，史惟亮先生所讲的以《琵琶记》为明代传奇的代表，其时是在十四世纪后期，所以比较意大利创生歌剧启步，是在十六世纪后期，二者相差二百年。高明《琵琶记》载明曲牌唱调与表演，比之西方歌剧内涵更丰富。所比西方调出一筹者，是不专靠歌唱，而有众多表演，像元杂剧中的武打戏《三战吕布》《单鞭夺槊》，俱是西方歌剧所做不到的。重视表演，已是自元以来的戏剧传统。史氏只重音乐故事未在此点多所申述。元曲《三战吕布》的本子尚有残卷传世。

有郑光祖所撰本，有武汉臣所撰本，俱以"三战吕布"为题名。西洋歌剧，向来亦不作武打表演，自是实情。

剧曲音乐到了明代，不但民间实演不断，抑且内涵日益丰富，传衍下去，一直活跃在民间，昆曲即是最重要实体成果。

史惟亮对昆曲十分尊重也抱有极大兴趣。在其书中列有两章。其一题为"中国最可靠的戏曲音乐之一"。其二题为"魏良辅典型犹在"。

史惟亮给予昆曲的音乐戏剧地位，是明杂剧发展而得的灿烂花朵。也是中国传统戏曲的总综合体。史氏书中附有一个自宋以来的演变传承的系统图。可以了然于宋杂剧、元杂剧、南戏、北戏等源流之融合。虽是最盛行于明代，却是自魏良辅所在的十六世纪，一直延续到十九世纪，四百年间，代有传承，虽至二十世纪，尚仍是士大夫高雅人士所喜爱吟唱，三十年代语言学家罗常培、李方桂尚俱能演唱。真正没落，自是到五十年代以后，可知战争的浩劫，对中国文化断丧之甚。

史惟亮自因重视昆曲，乃特别仰重魏良辅。有谓"称他为一代的乐圣，并不夸张。"这出于一位音乐工作者与教育家的评断，我自奉为具典范之功。史惟亮也非随意作此论断，他直引明人沈宠绥《度曲须知》中所言:"声场禀为曲圣,后世侬为鼻祖。"可见明代已有定评。后世还有什么话说?这里只能浮掠点出一点信息。史惟亮专章具体介绍魏良辅,除详加演述之外,又立四点结论指出魏良辅的贡献,特别将魏氏所著《曲律》十八条,说明其音乐造诣。

音乐家史惟亮,能十分揄扬昆曲,同样也十分看重京戏。在史氏书中称为平剧。我们是看重戏剧表演,史氏是专注意音乐,自可在历史万千论戏名作之中独具特色,以音乐内行观点评骘京戏,真是难得。

史氏之书,最为注意诗、词、曲、剧的音乐之兴衰代嬗,处处予读者以警惕。也指出融会沿承的结合发展。很是具有史识。再郑重声明一点,史氏是专谈戏剧音乐,不能期望他无所不谈。

敬告我们这一代京剧名家。史惟亮认定京剧的配乐是元杂剧以来的鼓吹加弦索,它是渊源悠久其来有自。他也接受了齐如山的说法,戏台上长短念白,都需要伴奏搭配,不仅在于唱戏。虽然大家承认,而专从音乐观点来说。自元曲以来,锣鼓、唢呐、胡琴,是中国戏剧的神髓,没有这些锣鼓吹打的套子,就不成为中国戏剧。那叫什么戏,另外再说。离开这些音乐,可以肯定说不是中国戏。

史氏之书，叙议甚多，并作举例，无法容下这许多篇幅。可举其自定的六个比较要点，但也要大量删节，略开如次：

根据历史常识，史惟亮接受一七九〇年（乾隆五十五年）四大徽班进入北京城为皮黄戏也就是京剧的始兴年代。史氏对其起源与发展的原因与经过，俱是参考当代戏剧研究家的常说，不须在此引述。惟以音乐结构与声腔特色，则提出六点，可以引据参考，主要就音乐性质表现与唱腔结构，以看出京戏与昆曲之不同：

一、京剧中的主要唱腔——西皮和二黄两腔都是仅以一个基本曲调为主的体裁。如西皮慢板和摇板、二六板、快板，实际都是由一个基本曲调变化而成。它们仅有速度、节奏、曲调华彩方面的不同。

二、昆曲的音乐却是组曲的体裁。是若干散曲（曲牌）的自由联合，在选择乐曲填词时，自然会考虑到多数曲调的曲趣问题，但它们之间，原来并无必然的关联是很显然的。这一组合的方式，在元杂剧里已经形成了。

三、京剧的歌词是"诗"系，是以七言、十言为主的结构。是上承"变文""鼓子词"血脉最有成就的一支。然而在音乐方面，却早已脱离了唐代唱诗一字一音的格式，演变极为自由的长短句。（在此我们省略史氏所举《乌盆计》的反二黄唱腔。）史氏精核指出，《乌盆计》中反二黄一句"未曾开言泪满腮"这个腮字竟唱八小节。（其实常见，青衣的《祭塔》《宇宙锋》中的行腔更长，且西皮慢版中也有。但例子只能少量）而胡琴间奏且达十小节。（史氏论断精彩深入，可见下文）这样"花彩"式的曲调，并非西方炫耀技巧的"花腔"可比。相反的，它似乎更能透澈的发挥了歌词的戏剧性。中国近五十年来的歌曲创作，被西潮的"艺术歌"冲昏了头脑，没有注意到这一宝贵的传统（原注：与西方神曲的作法极为相近的），实在是"捧着金碗讨饭吃"的悲喜剧。

四、昆曲的歌词是"词"系，是以长短句为主的结构。是上承"诸宫调""宋词""元曲"血脉的嫡系。在音乐方面，它比京剧音乐更保守。我们也不妨说，京剧是昆曲的青出于蓝，昆曲曲调形式特色是被京剧吸收了，京剧给曲调加上了间奏，又扩大了昆曲的规模。

五、京剧皮黄两腔的音乐结构，无论它是七言或是十言，都以两句为一组合的单位，其后如果再延长为四句、六句或八句，则虽然有歌词和剧情的发展，在音乐上却仍是一二两句的再现。也就是说，音乐在基本上仅有一个"两句组成的一段体"，其后的曲数进行，便只是这一个段落的变奏或反复了。

六、昆曲中的曲调，却不见这种反复和周期性的结构，虽然昆曲的一个曲牌中，也有问答式的上下句，也有曲调中的乐句反复，但却永远不是皮黄中固定的段落再现。如《水浒传》中的《鱼灯儿》曲牌中有这样类似京剧中十言体的歌词：

  莫不是向坐怀柳下替身，莫不是过男子户外停轮，莫不是红拂私携在越府奔，莫不是仙从少室访孝廉封陟飞尘。

它的曲调却是毫无皮黄中两句自成段落的痕迹。甚至连四句"莫不是"也未曾有过重复的曲调作法。

史惟亮先生也特别提示平剧中常用虚字、衬字和垛字的唱腔，很是欣赏平剧唱腔这种音乐性的激发情趣，推扬高潮的活泼表达。他举《二进宫》唱词，说明垛子运用的艺术性。这里不加细举了。

史氏除谈皮黄两种主体唱法之外，并注意到京剧中蕴含着的元、明杂剧曲调,并其吸收昆曲唱腔与引进戏目。特别举示《林冲夜奔》为例,说明完全取自于昆曲。京剧演出常用的《点绛唇》曲牌,更说明其对元明杂剧的沿承。他指出京剧使用传统曲牌不下一百首。

前时我曾提及京戏小乐班的表达戏剧感情,早为音乐史家赵如兰所肯定,所看重。(她是语言学大家赵元任之女)同道朋友若尚抱怀疑,这里可举史氏的估断之言,以供参考:

> 如果说皮黄腔是平剧音乐中主要的素材,那么锣鼓就是平剧中不可或缺的骨架。平剧没有锣鼓,等于外国古典音乐突然失去了和声一样空虚。平剧中的"武牌子"(锣鼓牌子),是纯打击的节奏复音音乐,平剧中的"清牌子",是指用胡琴、笛子、哨呐吹拉的曲牌,这是纯曲调;另一种曲调乐器和节奏乐器合在一起的牌子,称为"混牌子",所得到的恰是交响的效果。平剧中的打鼓佬,相当于现代乐队中指挥的地位,一出戏失去了打鼓佬引领的支持,虽拥有名演员如梅兰芳,也要溃不成军的了。

我们应该听信音乐家的忠告，莫要轻看那个简陋的乐班。

史惟亮是本着音乐家立场看待中国音乐文化遗产，关心音乐发展前途对各种音乐剧曲俱持同样爱护保存的志愿，生平既是专业音乐教师与音乐传播者，在其生前搜存尚传世的各样音档，用以供后起圣贤所采择。在主流之外，史氏亦十分用心访录京韵大鼓，特立专章介绍章翠凤的大鼓生涯，章女士是刘宝全弟子，正宗演唱京韵大鼓。史氏为之录音，作了深入访问。

史氏用心于台湾地方的南管、北管，以至歌仔戏。更难得的是搜集乡土民谣、客家山歌，以至山地同胞阿美族歌舞。特别灌录平民游吟歌手陈达之歌达三十三首。史惟亮真是这一代音乐保存家，有高远心志，敏锐识力，勤慎于中国音乐遗产之保留，令人敬服，可惜他积劳而逝，壮年辞世。我曾在报上见到他在中年逝世，真是感到无限惋惜。

晚王尔敏叩上
二〇〇六年三月七日

第十七信　外行人对于戏剧应持何样观点

曾复老师道鉴：

对于戏剧我是根本外行，读了刘真先生之书，寒山楼主之书，以及吾师之书，再加时和杨绍箕先生交谈，越来越感到所知之少而且浅，越来越感到知识贫薄，与真正之名家名票，相去有天壤之别。可以真真正正、结结实实的自认是外行人。回头思考中国戏剧之衰敝，却深信大多是贻误于半瓶水的外行人之手。反省过来，就思想到外行人该如何对待中国传统戏剧。

说来外行人看戏，无不批评，而任意批评，往往使专业内行人啼笑皆非。在此仍要从二十多年前一次听许道经先生讲演引述他的见闻。他是久居英伦，在当地观赏戏剧。许先举示一个实例,是有一位 K 先生在观赏戏剧之后,在报纸上投诉,此公控诉,戏演得很不真实,其人说:"我真是看不懂,戏里在演什么,全然感觉不出我身在何处?是很令人生气。"此报刊布数日之后,却有另一位 G 先生针对 K 先生的诉怨,作一回答。G 先生指出,K 先生如此认真,令人同情,只是很可怜,阁下竟然不知身在何处?何以有如此悲哀,真值得再看医生了。想一想,你身在何处未免不明,也太荒谬,告诉你,你是身在戏园,而面对舞台(stage)。你要弄清楚,舞台上全是表演,舞台下才是现实世界,你的生活是活在舞台下这一群人中,弄清楚舞台上的一切,与你无关,如此你才心安理得。许道经先生是举伦敦见闻,可以参考,外行人不能太过于投入于戏剧真实,只须前来欣赏。为此,我可借此一例证,自我估断,如何做一个外行人。

真是时代变迁飞速,世势演变也是无可揣度。西方文化浸渍,遇到中国人信心动摇之际,特别易于引致中国各界菁英倾服追摹。我自七十年代到香港,八十年代就碰上舞台戏的新风气。乃是戏剧界杨世彭先生带来,杨先生是美国的戏剧博士,主要他早有京剧造诣,故能在香港扮演京戏之《鸿鸾禧》带《棒打薄情郎》,他演小生莫稽,由卢燕女士配金玉奴,杨志卿先生配金松,三人演戏俱佳,中规中矩。我是观赏者之一,自很悦赏赞美。须知杨世彭乃是西方戏剧专业学者,被当时香港聘为戏剧总监,自然其职司即是天天排演英国名剧。他把西方新理论也带到香港,主张舞台上演员要和台下观众打成一片,于是台上演着演着突然有主角跑到台下,坐在前排和观众拉手谈话。港人啧啧称奇,到处夸谈新鲜有趣。未料此流风传到台湾,有人仿效,或亦有从国外学来者。有一天就在台北社教馆观赏到改良《法门寺》,由著名老生叶复润串演贾桂,由名花脸朱锦荣扮演刘瑾,其他演员亦俱是名伶,我已忘记其名。此戏仍用固有服装,只是场子大有改易,少唱多念多表。最一鸣惊人一场乃是突然在表演中间有穿着戏装演员蓦地自台下跳上台参与演出,正是大太监刘瑾。好在只此一响,不是所有演员都从台下跑上来。可使观众耳目一新,不得谓之精彩。像《法门寺》已是经典名剧,脚色齐全,戏味醇厚,唱念优美,剧情丰富曲折,表演动人。如不慎改良,反倒是点金成沙,果然台北只演一次,就难于为继了。

像上举港台二例,虽可说是西方戏剧所创辟的沟通台上台下的有趣手法,实在我国并无仿习必要。因为既无关剧情，亦无关演技，只能达到逗趣效果而已。也实在不可东施效颦。

此就反映到许道经先生所举示的 K 先生愤怨不知身在何处。既是观赏戏剧，至少先头脑清醒知道自己身在何处。乃明显知道身在戏园，面对的是舞台。就自能清楚分判，舞台之外，即是我们大家来聚的现实世界，而舞台所表演则一定在表现另一个世界，岂可允许台上台下跑来跑去，弄不清楚谁在看戏谁在演戏。看来那些新的噱头才真正是多余。

看到这里，不能就归怨于当今这些改革家，所谓冰冻三尺非一日之寒。前代外国人毁坏中国文化遗产不提，而中国人在丧失自尊自信之后，有一个动力是要一概打倒"旧文化"，改革"旧文学"，这决无升斗小民参与的分，几乎全是高级知识分子，特别有声望有头面的知识界、文界、教育界领袖分子，不外文学名家、教授之类，最有胆量声言改革文化。一般所取途径多不外在洋人屁股后头跟。他们跟得很谄媚，仿得很蠢拙。尤其他们自信很懂戏剧，就不惮烦要大刀阔斧改革戏剧。不到百年，中国戏剧已被割得残破不堪，终至势归消亡。

为戏剧想想情况，就会感到越改越糟，情势不妙。

清末堂会天天有，戏档接不完，民初戏园各地有，本戏连台。好戏百唱不厌。二次世界大战之后，各地尚有不少戏园，而往后每况愈下。由全本戏，改唱段儿戏，由段儿戏改唱折子戏。近年就只能改成便装清唱了。真令人不忍卒听。不过戏剧改革家到今还未收手，令人痛心。

我们做一个外行人来观赏中国戏剧，自然有权批评，但要慎重一评。自然也有权作改善建议，但须一概委之于戏班与演员，不可操刀自为。我们即令博学多识，受到他人尊重为专门名家，须知艺人也是一种专门名家，也是需要他人尊重。我曾经举例提到《红鬃烈马》这出戏若干内容之谬误，但当下即主张不要求作任何改革。并不是畏缩，而是慎重。一来此戏在明清两代传之数百年，已多次经艺人加工，成为经典名剧，后人势不可以乱改。更重要者，乃是充分反映小民内心想望，给穷苦人一个希望前景，慰夫妻分别之痛苦，有多重深远意义，后人不可孟浪改割。

在此我抱定一个谦卑的看法，对于中国戏剧，首须抱爱护之心，但凡已经流布传演多年之剧目，尽量不稍损益，因为此是千百艺人锤链的精华，是一代一代传承经典戏剧。其中主要是保存精湛演艺。其次反映前代种种之庶民阅历，留下喜怒哀乐之感情印记。中国人民饱经忧患，忍受离乱，若《桑园寄子》《生死恨》《珠痕记》《文姬归汉》，俱不过能表演真实千百分之一二，使人不忘悲矜，亦为小民抚平深沉伤痛。剧力感人，小民是很需要看的。为了尊重前代艺人创作心血，不可轻易乱改。

谈到此处，随令人联想到中国戏剧一个传承的特色，就是每出戏最会造就一个大团圆的结局。我国当代文人先加讥评诟病，十分排斥。鄙人最初也服从此见，阅历日久，方觉前贤之虚矫，无非要步趋西人之处理手法。我国新文学家，什九模拟西洋小说戏剧表达手法。像曹禺的《日出》《雷雨》，可为显著代表。充分唾弃中国戏剧的大团圆手法。

鄙人拙见，以为大团圆之结构，反映中国历史上不断的丧乱世局，万千人民破家流离。最著名之史乘有西晋之丧乱，北宋之覆亡，南明之消亡，以至对日之抗战。多少人骨肉拆散，多少人道死沟壑，多少人饥寒冻馁，俱是需要抚慰伤痛，创生如此戏剧，亦不过给人一些想望的愿景，未必实现，而勉强令人看到有免除痛苦之目的，如此低微廉价，使贫苦人民不至当真走上绝路。中国历史如此，在上者大人先生要负起责任，小民无告，也只有借戏剧抚慰，抱一点空想希望，本来是表演万一之机遇，但亦自有其功用。

进一步看来，大团圆思想是中国历史文化累积形成的民族特色，在世界文化言，古老文化传承，只有中国绵延不绝，屡覆屡起，是全民族思想有一个光复故旧的理想，不全是屈服于现实。国之复兴家之团圆，成为历数千年而不衰的文化特色。如果放弃此一思想，大概真是要达到消散瓦解万世不复的地步了。

我再放胆暴表一点个人浅见，大团圆观念，是中华民族特有的思想，其来源很早，是战国时代的大一统思想的世俗化。大团圆之大，不是伟大，不是强大，不是扩大，而是重大。大团圆思想就是由大一统思想衍生而来，重视光复，反对分裂。三十年代浅薄文人那里晓得！（我有短文：《保守主义与光复心理》，在报上发表，已二十余年。此文已流失无存，可见台北《中央日报》历史专栏。）

市井小民看戏，即令有意见，并无大冲击。文士学者看戏，若有意见，自己须先有一点戏剧知识背景。按之史学大师王国维和文史名家周策纵二人的研究结论，都主张中国歌舞创生于古代之巫。周策纵特又确信早在殷商之巫，已是音乐、舞蹈以及医病之专业者。王国维只是其书中提到，而周策纵则有专书《古巫医与六诗考》，虽然可信殷商甲骨文之证据，有一般学者包括王国维多是向上推测到远古传说时代。

歌舞背景，即是戏剧创生的来源，此在王国维之书《宋元戏曲史》是有逐步推考，专章申叙。肯定春秋时代已形成表演专职专才。像纪元前七世纪晋国之优施，楚国之优孟。此二人自一定是有演艺专业之艺人。算来优施、优孟应该是可见于文字的最早期演员，应同于后代戏子。世人多知优孟扮已故令尹孙叔敖衣冠表其生前而感动楚庄王故事，其实今代文史笔记亦历载前代优伶名姓，王国维之书举示甚详。各人表现不同，而学者亦多引重。

中国戏剧有剧种不同名称者，王国维认为开始于北齐，总体俱是歌舞戏。王氏举其名称五种。

其一，大面或代面，始于北齐（公元五五〇——五七七年）即世人熟知之兰陵王入阵乐，战场戴面具，作战阵之舞。想见我国武打戏出现甚早。（按至今武打戏名虽是打，实仍是舞，切勿拿"铁公鸡"真刀真枪看待）

其二，拨头，钵头。

其三，踏摇娘，苏郎中。

其四，参军戏，王氏叙此戏较详，引称始自唐玄宗开元间（公元七一三——七四一年）。同时举列唐代各期弄参军戏之伶人有：黄幡绰、张野狐、李仙鹤、周季南、周季崇、刘采春等。

其五，《樊哙排君难》戏。

王氏举言此戏为唐昭宗光化四年（公元901年）所制。本当后世似为一个剧目，王氏重其脚色人物众多，看待为大型剧种。

照王氏慎重陈叙，命名为歌舞戏，尚不肯与宋元以来戏剧看作同等，看作戏剧之前纪形式，为其所疑者。王氏重心，实把中国正式戏剧定在宋元时代。

以上简叙，犹似学究炫弄古典，不免催人入睡。但愿建议我辈文史专业，略可涉猎王国维、周贻白、钱南扬，以至张庚之书，多少具备一些中国戏剧概念。

归根还是要回到一般外行人看戏剧的态度。那是很需一点慎重与爱惜的习惯。譬如说，许多前辈早已批评过，观众坏习惯是环境培养而成。其一是在演戏当中彼此交谈，也会吃烟、吃零嘴。最失仪态者乃是演戏中间竟然大模大样进场，大模大样离席。我们是不能自以为是，不顾一切。主要是有人提出，批评观众，而却无人醒悟。我要重提，很有必要。须知这是咱们共同的丑陋处。

对于戏剧本身，要抱定外行人态度，如此则必保持慎重。主要由于不少知名文士，自以为懂戏，很有自信，也就不免喜欢批评戏剧。我以为最好听其自然，由演员自己去修饰，决不插手改戏，否则等于是一种破坏。可以据实略举于此。

像《玉堂春》这出戏，已被前代艺人唱成经典名剧，各派俱能表现精彩，应无须动手修改。这出戏虽是完全虚构，而实反映明清两代多年可见之真情。人物不管是谁，在明清两代全国各省必在秋天实行所谓"秋录大典"，基本宗旨是朝廷要清讼省刑，地方官必须履践。全国自明代起每省要派出都察院右都御史到地方察案，每省一位。就是戏中的巡按大人，他的实职是右都御史，所到之省就是某省巡抚大人，到省城驻地就是都察院。像《玉堂春》戏里是山西省的都察院，在《四进士》戏里是河南省的都察院，也是真正的秋录大典。正是三堂会审。除巡按大人外，穿红袍的就是一省之承宣布政使，简称"藩台"。穿蓝袍的就是一省的提刑按察使，简称"臬台"。戏上的场面，与实际审案格局完全一样。此审案格局在明清两代年年俱有。主要宗旨与戏上相同，就是一定减轻刑罚，不会加重刑罚。在今天仍有参考价值。所谓"清讼省刑",就是清理积案,减轻刑罚。像曾国藩、丁日昌俱在地方高位总督巡抚之任一力以清讼要属下府州县官做到,定作政绩考核标准。像《玉堂春》这戏,正是反映真实的一个典型。

再谈一件文人学士素不看重的丑角戏,或至于逗笑小戏。其实际演变真是大有来历,我已曾向吾师表述过,喜爱一些小丑戏和各式各类丑角脚色,在此无须重述。但或可举《连升店》为例。我与杨绍箕兄交换过意见,彼此均承认《连升店》是经典名剧,由姜妙香和萧长华唱活了。我想众人熟知,可勿多说。可惜世人看轻,此类戏传世不多。但要知道,扮这样小戏渊源比任何大戏来路均早很多。王国维定在宋元戏剧之前数百年,称之为"滑稽戏"。他竟把此种剧艺定在隋唐以前。王国维于此滑稽戏举证最多,不下二十余则。可举一则,看看其与后世的关系:王国维之书《宋元戏曲史》直抄高彦休《唐阙史》文,咸通中(唐懿宗年号,公元八六〇——八七三年在位)优人李可及者,滑稽谐戏,独出辈流。虽不能托讽匡正,然智巧敏捷,亦不可多得。尝因廷庆节缋黄讲论毕,次及倡优为戏。可及乃儒服俭巾,褒衣博带,摄齐以升讲座。自称三教论衡。其隅坐者问曰:"既言博通三教,释迦如来是何人?"对曰:"是妇人。"问者惊曰:"何也?"对曰:"《金刚经》云敷座而坐,或非妇人,何烦夫坐然后儿坐也。"上(指懿宗帝)为之启齿。又问曰:"太上老君何人也?"对曰:"亦妇人也。"问者益所不喻。乃曰"《道德经》云,吾有大患,是吾有身(指身孕),及吾无身,吾复何患?倘非妇人,何患乎有娠乎?"上大悦。又问:"文宣王(指孔子)何人也?"对曰:"妇人也。"问者曰:"何以知之?"对曰:"《论语》云,沽之哉,沽之哉!吾待贾(嫁)者也。"向非妇人,待嫁奚为?上意极欢。(据王国维《宋元戏曲史》)

今人看到一千一百多年前这一记载,比对今时之《连升店》,俱可见其同工妙趣,而可信萧长华之演艺渊源有本也。

在此正可一谈,中华戏曲脚色之严守分际。吾尝言中国戏剧以表演为宗,最严画脚色适任,是以分化甚细。北齐以后已有大面、苍鹘等脚色。至宋已有副净、副末,与丑角。在此可引据王闿运光绪五年三月十六日所记:

> 看宋人小说,有优人名目,有末泥、副净、副末,而所演名艳段,段即今旦也。正杂剧各两段,

皆以旦为主，故声转段为旦。见耐得翁：《古杭梦游录》，陈师道言。(据《湘绮楼日记》)

此记即南宋之真实著作所载。而脚色名称已是十分明确。后世戏剧脚色分别更细，实是进步，决不可淆乱，而自取沉沦也。

我们先进学者文家，用揠苗助长之法改良中国戏剧。他们很有信心，真诚要改戏剧缺点。做来辛勤而认真，可以善告友朋：吾劳矣！实则这种努力使古老戏剧遭到颠覆，使艺人招架不了。最后促使戏剧消亡。统观当代数十年间改革戏剧手法有下举数条途径。

第一，小焉者要润饰唱词念白。看去很善意很简单。鄙人认为我了解而同情，但劝高人不必烦心去改。我深知戏词有诸多鄙俚、矛盾、违背事实、不合情理，甚至交理不通。却劝人不必操心去改，我至少有一点研究下民文化生活经验，著过两本书，见到一些荒诞不经的道听涂说，要比大人先生早有深层了解，知道小民就很认同戏上的种种不通唱词，为之感动流涕。这是下里巴人文化，高人出手改成文雅，他就十分隔膜，就无法吸引粗下人共鸣。流于曲高和寡，反而断了戏剧生命。

第二，再扩大一点，是要颠覆旧戏改头换面，门类甚多，包括互换脚色，废除勾脸。如此一来，使中国戏剧本质全失，等于另创一种剧种，而又不能独立改辟新路。至少与其改旧戏，不如创新戏。何必连累那些艺人？

第三，是大格局的模仿西方歌剧。引进交响乐作伴奏，大肆投钱装饰布景。其实完全缘木求鱼。不用布景是中国戏特色，可以称得上是一种高度艺术成就。盖多持身段表达情况种种遭遇及变化。须知但凡戏剧，宗旨只在于演得逼真，却并不是真实之真。此即中国戏剧演艺精华。就算西洋歌剧，亦用象征手法，前时举示很多。

奉劝高明之家不要相信写实才最重要，不免自欺自限，我曾经说过，改革家不妨表演一下呕吐动作之写实表演，试看一下够不够精彩。

第四，就是更进一步追逐西方新创戏剧理论，港台两地，均有仿习。也就是要使台上台下打成一片，演员可自台上跳下来与观众齐坐周旋。也要蓦然地，由台下一路走来演员跳上舞台表演。我是为之摇头。想想台上正热烈表演《锺馗嫁妹》，一下子锺馗跳下舞台坐在前排与观众攀谈，想想会有多么精彩。这会使一些痴情的观众，感觉到不知身在何处。盼望新理论家多多尝试吧。

拉杂叙来,言不及义,有渎吾师清神,尚祈谅恕我的粗鄙。

晚王尔敏谨启
二〇〇九年三月六日
写于多伦多之柳谷草堂

忆听戏与学戏

——刘曾复教授自述

三岁（虚岁四岁，一九一七年）以前，我只看过黑白无声电影，有景有人，很像真事，有英文字幕。

四岁起跟京剧打交道，当时还有京剧辅助材料：版画、小人书、面具和刀枪玩具、灯扇、泥人等等，大人带去看戏、平时讲戏，直接、间接使我对京剧产生趣味。

五岁，母亲带我听戏，我们坐在戏园楼上，我靠着楼栏杆看楼下戏台，是方形的，周围有矮栏杆，台后边挂着一个绣花大红帐子，左右有两个门，门上有门联，台上有桌椅，穿花行头的演员就在这样的戏台上又耍又唱。母亲告诉我那个不带胡子、头上插翎子的人物是老十三旦演的子都,这出戏叫《伐子都》。这个子都脸是圆的,显着黑,我不爱看。倒是另一边的大花脸,红色脸发亮,我爱看。母亲告诉我这个大花脸演的是颍考叔,是好人,被子都——是坏人——射死了。这天的戏演的是什么,当时我一点也没看出来,直到我七岁读《左传·郑伯克段于鄢》时,才知道颍考叔是什么人。这是我第一次正式独立看京剧,这个老戏园叫文明茶园,在珠市口西柳树井大街,解放后成为丰泽园饭庄。此后大人陆续告诉我京剧里有生、旦、净、丑各种角色,有文戏、武戏,还带我去前门外乐华园、三庆园、同乐园、中和园、广和楼、天桥的歌舞台这些老戏园看过戏。那时的演员,大人说有崔灵芝、薛固九、张黑、瑞德保,我说瑞德宝这个名字很像大街上的洋行瑞宝信,从此我把去瑞宝信叫去瑞德宝买东西,大人觉得很好笑。

一次印象很深的事,是大人带我去广和楼听富连成听科班戏,到后台看演员扮戏。从前台楼房一侧小通道到后台院子,我先走到一间小房里,看见一个年龄大些的学生,自己站在一张桌子旁边勾脸。大人小声告诉我这个人叫何连涛,是出科的学生,在科班里效力演戏,他勾的姜维脸,待会儿唱《铁笼山》。那张桌子上有放颜色的彩匣子，这张桌子叫彩桌，生角抹彩、净角勾脸、勒网子都在这里进行。这间小屋通往另一间小屋，里边有一个小火灶，煮着一锅热水，供演员洗脸之用。从小屋旁边的大门进到一间大屋子，里边贴墙有一个长条桌子是旦角拍粉梳头的梳头桌，有人管梳头。靠着大屋子的墙摆着戏箱，演员在各个戏箱旁边，穿靴鞋、穿戏衣、带盔头。演员网子勒好，头梳完由戏箱人员帮演员穿戴。演员扎扮完毕在后台静候上场。

像广和楼这样的老戏园后台，有一个跟前边戏台相连的一个同样高、同样大小的方台，演员从这个后面的台上，到前边戏台上去唱戏。在这个后边台上，演员可以对戏、准备。靠着前台大帐子后面，有后场桌，放着一些台上演员用品，例如令旗、宝剑，有人经管。

那天的戏有《金水桥》《铁笼山》。《金水桥》是文戏，唱起来没完。《铁笼山》虽是武戏，但姜维"观星"，一个人转来转去，我那时小，不懂，都不爱看。这些戏对我说都白唱了。

此时北京南城万明路上修建起饭庄、澡堂、商店、医院，特别是大的游艺场所、"新世界"大楼和"城南游艺园"大娱乐园囿，当时把这一地带看作"小上海"。解放后"新世界"改为学校校址，"城南游艺园"

改为北京友谊医院院址。这两个游艺场所当时都有京剧，游艺园有福清社科班和崇雅社女演员剧社，后者除演一般京剧老戏之外，还有新排的新戏。当时很受欢迎的有琴雪芳女士主演的《孟姜女哭长城》，碧云霞女士主演的《春阿氏》，都是连台本戏，台上有新制砌末。此外，还有文明戏。演《宏碧缘》也是本戏，穿新式戏装，不戴胡子、黏胡子、不勾脸，不穿厚底靴子，念白说北京话，开打很热闹，有很讲究的布景。当时观众踊跃，很受欢迎。今天回忆起来，《哭长城》《春阿氏》很像今天的新戏《刘罗锅》，《宏碧缘》很像电视剧《谢瑶环》《游龙戏凤》。当年演新戏的琴雪芳、碧云霞等女演员，会戏很多，经验丰富，所以演出效果很好，上座率极佳。这时梅兰芳的《邓霞姑》、冯子和的《拿破仑》这些戏已不再上演了。

民国以来，北京学上海建筑新式剧场，先后有第一舞台、真光剧场、新明大戏院、开明戏院，我亲眼见到开明戏院修建经过，一九二二年竣工。这些戏园解放后除真光重修外其他都没有了。当年在经营上，第一舞台太大，真光剧场较小，新明、开明大小合适。多数剧社，特别是梅兰芳、杨小楼、余叔岩诸位名演员在新、开轮流演出。那时我听戏好像很有进步，懂得了，其实主要是跟着大人说，梅兰芳、杨小楼、余叔岩三位是当时北京京剧界的旦角、武生、老生最优秀的三大名角。不管是真懂、假懂，我确实听过不少好戏，例如我那时听过梅兰芳的《六月雪》《梅玉配》《天河配》《太真外传》等戏，杨小楼的《挑华车》《铁笼山》《落马湖》《恶虎村》《安天会》《夜奔》《长坂坡》《连环套》等戏，余叔岩的《定军山》《阳平关》《打棍出箱》《捉放曹》《八大锤》《盗宗卷》《摘缨会》等戏。我生平听杨小楼和余叔岩二位的戏很多，杨小楼好戏我听过六十多出，余叔岩的戏我听过三十来出。听这些戏的同时，还听了陈德霖、钱金福、王长林、王瑶卿、王凤卿、龚云甫、罗福山、程继先、裘桂仙、朱桂芳、阎岚秋、郭春山、茹富兰等各位先生的好戏。记得那时听戏的熟人，后台有李万春、蓝月春、刘宗杨，前台有李适可、张伯驹、杨宝森等位。

小时我听过物克多老唱片的京剧唱段。那时一边听梅、杨、余的戏，一边听他们的百代公司唱片，我跟着学、唱，其实是没板、没眼，瞎唱。其他人的京剧唱片我也听过不少。

一九二六年我考上了北京师范大学附属中学初一，梅、杨、余的戏继续听，表兄汪振儒买了一套上海大东书局凌善清、许志豪编写的《戏学汇考》，此书是按科学思想所写的巨册指导学习、研究京剧的新式著作。我跟着表哥看，从中学到了一些京剧的唱腔、身段、板眼、锣鼓、行头的名称，虽然并不真懂，但是有助于我对京剧艺术的了解。

一九二七年我上初二。那时国内外的社会情况、学校的课程、思想，使我一个初中学生产生一种新的比旧的好，西洋比中国进步，打倒帝国主义，三民主义、共产主义好，听京剧落后，学西乐、看电影时髦这类的想法。其实我有没有真正怎样，除了上学以外，很多时间都消耗在运动场，当校队代表队员，参加华北运动会，文艺活动实际很少。到了高中二年级暑假，学校老师、同学不少人喜爱京剧，我有时跟大家在一起谈论京剧艺术，我是一个外行，纯粹胡说，但是这是我又接触京剧的一种机会。另外，当时使我注意京剧的一个重要原因是梅兰芳访美，回国后创办国剧学会，还有程砚秋主办戏剧学校，国剧学会出版画报，大东书局出版戏剧期刊，所有这些对我都有很大的触动，矫正我对京剧的一些片面看法，使我对京剧又关心爱好起来。

一九三二年我考上清华大学，一件使我惊讶的事是课程中有溥西园（红豆馆主）开设的昆曲选修课。此外，学校里教职员工、家属、学生中不少人很爱昆曲、京剧，认真学习研究。在这种情况下，我为了研究戏中念字规范，选修了王力老师的中国音韵学课程，一方面满足理学院学生（我是学生物学的）必须选读文学院课程的规定，另一方面为了打下我学习京剧字韵的学术基础。在大学几年中，我向真正会戏的同学请教，结合听唱片，开始学谭（鑫培）派和余（叔岩）派的京剧老生唱腔，一步一步地学板眼、念字，跟胡琴练唱。那时年轻胆壮的同学互相标榜，这个是马（连良）派，那个是言（菊朋）派，那个又是余（叔岩）派，还有梅（兰芳）派、程（砚秋）派、荀（慧生）派等等，都好像很内行了。我个人也自以为是地登台大唱老生戏，自负唱时念字用湖北四声字调，掌握了谭、余老生艺术的真谛，这样一直到我大学毕业，这真是夜郎自大之极。

一九三七年我无意中见到一本北平法文图书馆出版的英文本《戏剧之精华（Famous Chinese plays）》一书，作者是阿林敦（L. C. Arlinton）和艾克敦（Harold Acton），内有三十三出英译的京剧剧本，导论中的理论使我很受教益，略举数端意译文字如次：

戏剧不是起自戏剧性纯文学，而产生于歌舞表达心情与他人交流的文艺活动。

剧本是供演员舞台演出的资料，京剧艺术是它的唱、念、做、打、翻。

京剧没有精致的布景，有挂在舞台背后的花红帐幕和台上的桌椅。演员可以随心地把帐幕做为森林或其他景色，他担负着布景、歌舞、特技、戏谑等各种表演工作，拿着马鞭就是骑马、登上椅子就是上山，把事情在简化中强化。

京剧表演的象征性，要求演员有高超的技艺、功夫，争取观众认可满意。

迄今（一九三七）改良、改编老戏，例如新的《玉堂春》、《六月雪》，都不令人满意。反对旧戏，以西方现代戏剧来消灭传统戏剧的一些努力并不成功。

今天，二十一世纪开始，对于京剧艺术的认识和改造，仍可以从这本英文书中的资料吸取经验。一九三七年时代，此书的内容加强了我对京剧的喜爱，提高了我对京剧的了解，但是，这并不影响我对西洋戏剧的喜爱。我当年在清华大学大一英文课所读的莎士比亚原作

Julius Caesar，受益甚大，至今有用。西洋戏剧并非死板写实，也是点到为止，观众都能领会。

一九三八年冬，我到协和医学院生理学系作研究生、实习生，前后将及四年，对我一生作生理研究打下了基础。与此同时另一特殊的事是我二十五岁的年龄才真正学戏。小时，虽然我父亲的挚友阎岚秋（九阵风）先生喜欢我，教我练扭腰的功夫，但是当时一点也不明白这是为什么，纯粹瞎练，但是我直到今天没断。这是后来明白了缘故。我正式学戏是我的老师王荣山先生催促我练的。王老师跟我父亲有真交情，他喜欢我。在协和研究实习时，我有条件去他家看望他，他教我唱唱他听听，后来他忽然跟我说我得给你说出戏了，你的念白比不会还不会，不说不行了，我教你一出《举鼎观画》吧。这是谭鑫培得意之作，念白很讲究。唱戏要先去病，念白的病有二：白火和口齿浮。你比不会还不会，还不够去病的资格。念白和唱一样，念字、用嗓、气口、撤、调门、行腔、跟身段和场面关系，一切跟唱要求都一样。反过来唱如果像说话那样顺溜自然那才能算好的唱段。你光知道一个字的字音、字调，别的都不懂，那是念书不是唱戏。《双狮图》的念白最正经，字字沉重，练念白最好。人物不同，味道、劲头不同，

《双狮图》念白跟《八大锤》不同，跟《一捧雪》也不同，跟《打棍出箱》不同，跟《卖马》也不同，一出戏一样。老师一句一句地教，我一句一句地学，从此我对老生念白认真学、认真研究，非常重视。我回忆我所听的余叔岩的《打棍出箱》念白，琢磨其中的道理，觉得完全跟王老师所说的要求一样。

认真学了《举鼎观画》之后，王老师说我再教你学学《四郎探母》吧，你的唱比不会还不会。从四郎上场起，连念带唱，一句一句地教，直到最后一句"四盘山去者"为止。教时随着问我各戏段，哪段多么快，哪段多么慢，为什么要快、要慢开唱、收尾怎么叫锣鼓、跟锣鼓整，跟戏情有什么关系。给我讲，字正腔圆、以字行腔，不只是四声问题，这里边有字调问题，谭派戏念字主要用湖北官话四声字调，这是京戏尊重戏曲地方性起源、保持艺术地方风味的一种艺术思想。语音有声、韵、调，各省的戏，唱念的腔调以该地的字调为本，当地的人听着顺耳。一出戏唱念腔调好听，其他地方的人也会喜爱。京戏过去叫二黄或皮黄，全国各地都有二黄，受人欢迎，听得惯。对谭鑫培唱念腔调爱听，根本上是谭派唱念腔调好听，字正腔圆。腔圆就是腔调要有轻重疾徐、抑扬顿挫，比方说"请、请、请"

三字连着出现在一句戏中，不能只考虑"请"字是上声字，念得一样高，那就成了直调了，不好听。经验上，京戏里一般地把第一个请字念得高些第二个请字念得低些、轻些，第三个请字念得高些、重些，这就不是直调，好听些了。这样安排唱念腔调既能字正，特别是四声正，而且腔圆不成直调的办法，戏界叫"三级韵"。这个"韵"字不只是说字韵之"韵"，还包括使腔调产生韵味之"韵"，韵调优美、歌诀情深之"韵"。余叔岩最会运用三级韵安排唱念的腔调。

学了《四郎探母》，王老师说该学学《当锏卖马》练练身段了，还得从头学，你的脚步也可以说比不会还不会。我走个样子你学学台步。我练了一个礼拜，走给老师看，老师说："不行啊，一点也没有啊，还不如唱呢，没法下挂啊。《卖马》你学不来，从头来，先练云手吧，学身段也要去病，从头到脚的病有面板、强颈、扛肩、腰硬、曲踵、大步，你连步都不会走，还谈不上去病，先练云手我做个样你看看。"一边比画边说："唱戏和傀儡戏一样，人要做为傀儡来唱戏。一个大男人上台唱小媳妇，认真一想，那不把人恶心死。自己只能把自己当作傀儡，学傀儡来唱戏。其实是自欺欺人，多少辈子了听戏的人其实也是自己骗自己。就是一个女演员演林黛玉，不也是假装的嘛。不说真假了，托偶或者杖头傀儡作为身子的那根棍，一动带着头和手动，这根棍就同演员的腰一样，带动全身动作。练云手是先由腰来转动，四肢、头、眼都随着腰走。"老师做示范，先学子午像、丁字步、前后手、正云手、反云手、云手转身、拉山膀，练了多少日子勉强找到一点劲头，稍微明白一点点，这里边和唱念一样也有气口的是，一张一松、一吸一呼密切相关。这时候老师开始试着教我起霸，由出场练起，走台步，进退、转身、亮住、整冠、弹髯、击甲、拱手。整台地方，这里边包括一张一松、气口、拿神，在这些动作中最根本的还是练腰、云手、台步这些身段基本功。从那时起直到今天，云手、起霸就成了我每天的体操，后来知道这种基本功叫身段论。学云手、练起霸之后，老师教我跟师弟王金彦（中华戏校学生、乔玉林先生弟子）一块练枪小五套、大刀花下场。过了一段时间正式练锏架子，个别地方老师亲自示范。这时才开始说《卖马》，一句、一手地学，越学越觉得唱念做打的基本功有用，基本功练得不对戏是学不好的。

此后，接着又一句、一手地学了《南阳关》《伐东吴》和《打棍出箱》，教别人时旁听了《桑园寄子》

《一捧雪》《阳平关》《取帅印》《镇潭州》这些戏。

跟王老师学戏，对我太重要了，使我进入京剧之门。不幸老师一九四二年过世。直到过世的一天，我跟老师学戏，老师一个钱都不要，白教。我和金彦师弟一直交往，一块学曲牌、锣鼓经，一块研究戏，直到他过世。那时另外的室友有王世续、钱元通、李世璋、曹世嘉等位，都是那样亲热。

王老师过世之后，我常向王凤卿先生请教。凤卿先生爱聊天，讲唱戏要领。他说在台上不要教人落下，同时还要帮别人，这样才能把戏唱好。我从小听说程长庚大老板的戏成了绝响，没人会了。我又听说王凤卿先生很像汪桂芬先生，汪桂芬先生又像程大老板。这样一说那就是王凤卿先生像程大老板了。所以京剧的继承应该抱乐观态度，京剧不会失传。

解放前后我还常请教钱宝森、刘砚芳、贯大元等各位先生，他们都毫不藏私地教过我许许多多的宝贵艺术。业余京剧爱好者，像韩慎先、张伯驹、李适可等各位先生家也是我请教之地。总之，以一字为师的标准来说，我听戏、学戏当中，平生我至少跟七、八十位学过，对各位我都一一铭感不忘，铭刻在心。

在我听戏、学戏当中，一件使我愈来愈明白的事是京剧艺术从先辈程长庚先生,到后来谭鑫培老先生、杨小楼先生、王瑶卿先生、余叔岩先生、梅兰芳先生等诸前辈,他们的一生,走的都是继承、创新的道路,对他们的历史经验要认真研究、认真学习,从中对京剧的历史优越性和局限性的认识可以得到教训,对今天的京剧大有益处。概括说,从程长庚到谭鑫培,到杨、梅、余组成一个京剧艺术体系,陈德霖、钱金福、王瑶卿在其间传承起关键作用。陈、钱出身于程长庚四箴堂科班,接受老昆腔基本艺术训练,包括三级韵、身段论等唱念做打的基本功法则,传授给杨、梅、余等人。

二〇〇四年冬至于北京

和光同尘　空前绝后
——悼念刘曾复教授

杨绍箕

月前，王尔敏教授来电话，嘱我写一篇刘曾复教授京剧艺术的纪念文字。我不能不应命，因为王教授是我的恩公，命理学称作贵人者是也。我命中遇贵人大致经过如下：王教授长我十几岁，上世纪八十年代初，我年近四旬漂泊香港时，他业已荣登中文大学历史系教授之位，而我却在"遍地黄金"的异乡，扮演着《伍员吹箫乞吴市》的现代版角色。一个偶然的戏缘——蔡思果先生召集的京剧清唱聚会——我有幸得识王教授，蒙其同情与提携，得进入文化研究所。在他的指导下，做了两年辨识、移写和标点清季盛宣怀函电稿的"佣书"，为王教授主编的《清末议订中外商约交涉》《盛宣怀实业函电稿》《请季外交因应函电资料》等史料的整理出版尽了绵力。那是我一生仅有的具"学术价值"的光阴,王教授给了我难得的自救机会,使我在京津学自吴玉如与吴则虞两位硕学鸿儒的点滴知识——对大师而言,我连九牛一毛也望尘莫及——获得了些少益世机会。对王教授,我心存感激,没齿难忘。一篇文字之嘱,如何敢辞!

然而,生理学教授刘曾复的京剧艺术,命题太大,内容太深,我临纸踌躇,力不能胜。原因极其简单:第一,我今生无机会接受自然科学专业教育,对刘老的医学成就莫测高深,不能赞一词;第二,我自幼至老,都只是一个"比不会还不会"的京剧业余爱好者,换言之,就是没有做成票友的"票友",和"刘氏京剧学"相比,我的京剧知识,恰好用一知半解、肤浅灭裂来形容,接受王教授这个嘱托,实在有不知天高地厚之嫌。思来想去,只有避过"学术重地",才有希望游目骋怀,畅所欲言也。

刘曾复教授穷毕生精力,投入高等医学教育事业,他无负所接受的先进科学洗礼,不夜郎自大,不因步自封,"不出户,知天下",同步掌握世界上生理学最新研究成果,及时传授给学生。

"镀金不镀金,对我的学术水平没有影响"。教授如是说。

刘教授年青时曾经有赴美进修一年的难得机会,最后因家累重主动放弃了。从他晚年叙说时的语气仔细体察,整个过程似乎没有所谓的激烈思想斗争和痛苦的抉择,自然而然,理应如此。

"我一个人出国了,留职停薪了,可一大家子人得吃饭呀。还是谁有条件谁去吧。小时候看着我父亲撑持官宦之家门面的种种难处,我就发愁:以后我可怎么养活这一大家子人呐。"教授如是说。

在某些人看来,上述的担当太平凡,太庸俗,是选择错误。可我觉得若像刘教授一样,高深的科学造诣不被平实的担当拖累,也绝不是一个碌碌之辈能轻易办到的,因为那不是一时而是一生的考验。

《了凡四训》的作者有句名言:"未发其福,先发其慧",觉悟也是发慧的表现之一。我自幼便听父母说"不为良相,当为良医",后来又知道其原因是"良相医国,良医医人"。虽然先祖父殷切期望子孙习医,自食其力,但愧我愚钝,无论家长如何诱导,我都未立过学医之志,因而彻底错过了成为刘曾复教授医科学生的机会。这一切,需要医缘(学医之缘,非俗谓就医之缘），我未曾发慧，错失医缘，不得不承认福薄命浅，无可奈何。当然，即使我立志学医，也未必一定能与刘教授缘结，听他的课。但我坚信，当年考得上首都医大并上过刘教授生理课的莘莘学子，都是厚福之人，他们必然沾溉了教授的真才实学，接受了他的提携关爱，最后学有所成，相继走上"功同良相"之路。

刘教授跟我讲过不少招生和办学中的故事，有欢笑，也有叹息。感受到他在风云变幻时代，作为一位专业领导人，不便表露的慈悲，莫可补救的遗憾，虽万般无奈，但教授始终坚守科学的底线，仁爱的底线。

"宇宙太大了，我们懂的太少了，还是谦虚点儿吧。"教授如是说。

刘曾复教授一生的主要事业——生理学，完全建立在科学实验的基础之上，丝毫未受抽象的中医哲学，以及西方神学的影响，尽管他一生生活在北京，而且曾在基督教开办的小学和医疗机械读书、工作。

我心目中的刘曾复教授是唯物之儒，在如沐春风或曰温、良、恭、俭、让的儒者气象之中，时时闪现科学家精准无比的逻辑思维，《老子》"玄同"，或宜增此一解。

我与刘老医缘未结，戏缘又如何？为了说明戏缘深浅，容我先引《论语》一段：子贡说"夫子之墙数仞，不得其门而入，不见宗庙之美，百官之富"。杨伯峻先生的白话翻译如下："我老师的围墙却有几丈高，找不到大门走进去，就看不到他那宗庙的雄伟，房舍的多种多样。"

如果将刘老的"刘氏京剧学"形容成他的"京剧之家"，然后问我："你找到那几丈高围墙上的大门了吗？"我的回答是肯定的"找到了"；若再问："既然如此，那么你走进去了吗？"我只能惭愧地回答："没有。"这找到大门而没进去的困难和苦衷，请容我下文"慢慢道来"，因我对刘老的深切怀念，不限于京剧；我对京剧的一知半解，正确部份来自刘老的循循善诱，谬误的全因学艺未精，"戏责"自负。总是门外之谈，请识者鉴谅。

何谓戏缘？我的意思不是与京剧结缘，如看过多少戏之类，而是指因为爱好京剧所结的人缘。上世纪五十年代末，我晋京拜谒人称"伯老"的张伯驹先生，就是希望学习余派唱法，京剧算是"引子"吧。因有所谓通家之好，我的书面称呼是"绍箕世讲"，赐函与题赠均如此。寄呈文字，我必敬书"丛碧世丈"。口头则不敢从众称"伯老"，只称"老伯"。七十年代末拜识刘老、八十年代初拜识王教授,"引子"相同,从始至终,京剧都是我们的"共同语言"之一。

拜谒刘老在一九七九至一九八〇年之间。记忆中因上海张文涓来京参加文化会,张伯老函召我去参与饮局,我于是提议同请刘老,伯老同意。可惜刘老适逢在沪出差,未克预宴,我所冀望的一面之缘没能结成。不久我又去京,才得亲往前门刘老寓所晋谒——距五十年代初,读《梅兰芳舞台生活四十年》得知脸谱专家刘曾复教授大名,已差不多二、三十年。从此之后,只要去北京,我虽寄宿后海南沿张宅,也必于刘老课余时前往请益,令我对京剧的整体认识有所提高。与刘老面授的戏缘维持到一九八一年我移居香港,计之不过数面而已。恕我斗胆高攀,说句没大没小的实话,当时彼此真有倾盖如故,相见恨晚之感。

已尘的往事,未卜的前途,黯然离乡别井——美好的戏缘实在来得太晚了。

刘老对我年将四十、孤身漂泊的苦衷充分理解,无限同情,对我这异乡异客必将遭遇的饥驱俗累非常担忧挂念,总希望有施以援手的机会。当我在王教授等诸位贵人的帮助下工作改善、生活安定以后,刘老赐函内容,即由开导鼓励一变而成父执笔的老怀安慰,并且逐渐增多了谈戏嘉言。香港虽然有不少大票房和阔票友，但刘老对我难以兼营教戏副业早有预见，"因为你不是张伯驹"。可能怕我过分失落，刘老仍然耐心详尽地回答我信中的京剧问题，解决了不少我百思不解的疑难，带给我不少说戏录音盒带，备以待用。通过刘老的"书信教学"，我增加了京剧知识，虽然最终未做成教戏先生，但刘老显示的博大精深，使我对自己在京剧整体艺术方面的孤陋寡闻程度，有了清醒的评估。

彼时振兴京剧呼声甚高，我获知不少内外行朋友都积极向刘老请教、学戏。刘老给了他们百多出说戏录音，他们为刘老录了许多说身段、地方和把子的录像，这都是国粹，是无价之宝，能保存下来，我额手称庆。为了京剧的不绝如缕，我至今都对王世续、李舒、陈志清和陈超等先生，以及票友杨洁女士心存感激，他们各位当年抢救下来的京剧艺术资料，说得形象夸张一点，是传统京剧的"基因"，是后人培养（如果还希望培养的话！）具有谭鑫培、杨小楼、梅兰芳、余叔岩水平的京剧"细胞"的关键！只要"基因"不发生变异，产生"怪胎"的机会必然减少。

刘老对如此这般的传承很热心，来者不拒，有求必应。从信中片言只语可以想像，传授者热心而认真，学习者虚心而努力，如斯场景，我远在千里之外，莫由躬逢其盛，也算今生大憾之一。在刘老退休后的十几年里，能真正自知不足，放下身段，用虚心和诚意打动刘老，把你当作"比不会远不会"的求学者，"掏心窝子"想教"会"的内、外行朋友，都是京剧的有心人。他们对京剧艺术传承的贡献之大，在挥汗跟刘老走身段、打把子时已可肯定——因为已经顺利走进刘老"京剧之家"的大门了。

现在再抄《论语》来谈刘老教与学的境界。孔子的理想教学关系是："可与言而不与之言，失人；不可与言而与之言、失言。智者不失人，亦不失言"，白话就是"可以同他谈，却不同他谈，这是错过人才；不可以同他谈，却同他谈，这是浪费言语。聪明人既不错过人才，也不浪费言语。"

孔子的哲理运用于教学过程，无论是传道、授业还是解惑，都需要老师说得出，学生听得进，否则无益于学，亦无济于事。刘老的京剧艺术学养，自有票友以来，在老生行当中，所会之博，所造之深，分析之精微，记忆之准确，只有"超人"方能达此境界，肯定空前绝后。作为天才票友，我猜想刘老必定接受了外祖父纪钜维老先生的遗传，因为纪老除了学问渊博足以胜任学院山长以外，还特别有音乐天才，中国的吹、拉、弹、唱无所不能，无所不精。如果没有优秀遗传，刘老即使看再多的戏，求再多的师，恐怕也会不了那么多，会不了那么精。再加上刘老超强的记忆力，一看就懂，一学就会，一会就终身不忘。刘老常说"忘了就没真会，真会了根本忘不了"。电脑般的超级记忆，恰好帮助刘老替京剧做了神话般的录音机和录像机，这不但是后学之福，更是京剧之福。

成就京剧学，除了刘老的音乐天才，家庭与社会背景亦是不可或缺的优越条件。刘老的尊翁以总统府秘书身份，广交三教九流的头面人物，九阵风阎岚秋即交称莫逆的一位，他为准备息影而做的商业投资，常请刘老爷顾问顾问，以策万全。刘府老少入园听戏，九阵风自然乐于带领小少爷进后台去玩儿一玩儿，开开眼界，这不但是九阵风社交手法，也是培养小戏迷的需要。有了如九阵风等大角，以及董俊峰等"大佬"的趋奉关照，小少爷在后台就取得了行动的自由，只要不碍事就行了。如此"自由"，获得者当然并非"平等"，正因如此，以至大角钱金福虽不情愿，但最后也无奈地默许小少爷站在一边看他勾脸，可以肯定，若无刘老爷的身份地位，无九阵风、董俊峰等位的面子，钱老是绝不会给少年的刘老"特殊待遇"的。刘老的天才,加上这般机遇,才为我们留下了今日的《京剧脸谱》数种国宝。

另外,刘老当年逐渐看透了前台,又逐渐看透了后台,从看勾脸开始,体验到同一社会两种不同形态的人际关系,语言文化,使他构筑"刘氏京剧学"具备了广泛的"群众基础"。

在钱宝森、侯喜瑞等内行的指点之下,刘老得以从看勾脸进修到会勾脸。同理,刘老从看戏到会戏,没有被刘老爷及其僚友捧红的麒麟童王荣山先生的倾力教授,似乎绝无可能。不知是知恩图报还是别的什么原因,王先生主动积极给刘老说戏,而且坦诚相待,不以哄少爷开心为目的,根本分文不取。若干年后,可能有感于旧宅门的日渐式微,或觉得"徒弟"能够唱红,王先生几次游说年青的刘老下海,"我给你在梨园公会挂个匾吧——放心,不跟你要钱"。刘老生来就淡泊名利,况已决心献身医学事业,岂会被台上的锣鼓点儿影响人生步伐?再若干年,刘老已毕业工作,为报答师恩,郑重接受了王先生易箦前的托孤,替其料理了后事,而且帮助师弟王金彦脱离了梨园行,成为专业会计,一生平安。

刘老青少年时代北京城京剧正当全盛,与经历一九二八年"国府南迁"小劫,及一九三七年"七七事变"大劫后之景况不可同日语,虽然刘老读中学时有一段时间觉得"进戏园子丢人,让同学看见了笑话",要作说洋文、看电影的洋学生,可惜最终难拒艺术吸引力,"再做冯妇"。在刘老看戏的记录里,包括北京好戏的全部,特别是只靠花大钱买票也不一定能看到的堂会戏——高级堂会不卖票!北洋时代的首善之区,官商辐凑,办堂会、听堂会和唱堂会,分别代表主家、观众和演员的社会地位,是名符其实的身份象征。总统府秘书刘老爷具有身份,阖府持请柬坐贵宾席听戏是王家之荣宠,自己无须开销;看营业戏则有利园行朋友推介,管家联络跑腿儿,案目留座,可以说是随心所欲,任意选择。若从学习研究的角度说看戏,则刘老爷看尽好戏的"光",完全让曾复少爷"沾"上了,而且"沾大"了。所以说刘老于京剧各行角色特具法眼,绝非天生偶得也。

刘老禀赋既高,看戏学戏的天时、地利、人和皆备,取法乎上,容易看好的,学好的;刘老受现代教育,善用科学方法分析归缩,容易掌握要领,灵活变通;刘老坚决选择生理学为一生事业,教育为终身工作,婉拒"下海",使他研习京剧时"从吾所好",不必受流派和票房桎梏。以上三个重要要素，为中国京剧造就了一位通人，自有票友以来，一位空前绝后的通人。

尊刘老为京剧通人，包括实践和理论。

首先，刘老为我们留下了划时代的京剧学著作——《京剧新序》《京剧说苑》和若干种《京剧脸谱》。

前两种著作内容与价值之所以与前不同，与众不同，是因为：第一，所说的"故事"（非讲故事之谓）都是刘老亲眼得见，亲耳所闻，绝无任意夸大缩小，致生厚诬溢美之嫌，是非常珍贵可靠的资料；第二，刘老的理论，真正从自己的实践中来，前人的理论，也都经过试验，自信而后采纳，绝无人云亦云之弊。《京剧新序》和《京剧说苑》不是空言，而是可行之言。换句话说，刘老不单能坐在那里讲理论，还能站起来一招一式从头到尾完整示范，更能"扮上"，在舞台上进行规范的京剧表演，观众在台下欣赏到的不是比比划划的"化妆清唱"，而的的确确是内行"好佬"的应有尽有。

"有"或者"没有"，在真正行家的谈吐中，隐含"一言兴邦，一言丧邦"的千钧之力，不然怎会流传"行家一出手，就知有没有"的俗谚呢。所以我们不可将对京剧艺术方面"有没有"的问题，以及"有"或

"没有"的答案，当作轻轻吹过的耳边风。旧时唱戏唱到"有"嗓子，"有"扮相，嘴里"有"，身上"有"，在"宁送一两银，不教一出戏"的时代，试问要花费多少机谋血汗方能达致！

刘大爷（曾复）对张大爷（伯驹）唱余派戏的评语是"该有的都有"。当韩大爷（慎先）批评"张伯驹上台跟卷子似的，身上没有哇"，在座的杨宝森即不再沉默寡言，说："您可别这么说，我每回看张大爷的戏都能学几手儿"。如果张大爷身上"没有"，内行如杨宝森先生，那几手儿从可处学来？当然，"有"的层次不同，同一层次的造诣也不同，张伯驹之"有"，虽不能完美边式如余叔岩，但肯定在其唱、念、做、打的规范之内。此之谓"该有的都有"。

刘老粉墨登场，我无福躬逢其盛，说他台上"应有尽有"，与刘老评论伯老"该有的都有"并无区别。我得此结论的主要依据是来自以下印象与比较：1. 刘老说戏录像，有整出，也有片段，身段把子俱全；2. 王世续先生《南阳关》《伐东吴》和《打棍出箱》整出录像，他完全学自刘老；3. 刘老对自己的说戏录音唱念以外的部份，所做的全面详细的补充讲解，有"总讲"，也有"单头"。

以上印象，与我六、七十年代亲见伯老给内行朋友说戏所留下的粗浅印象互相对照，以《闹府出箱》为例，刘老的身段，地方和伯老基本一样。所以我敢大胆说，刘老与伯老之"有"，绝对在同一层次，差别仅在造诣的深浅广狭而已。

毕竟未曾亲闻亲见，要我比较刘老与伯老的台上艺术究竟如何"有"法，恰如"矮子看戏何曾见，都是随人说短长"一般幼稚无知，贻笑大方，于人于己，实不必多此一举。但既已走笔至此，总须勉强推论，有所交待。以我之浅见，就整体艺术而言，张伯老专精，刘曾老博雅，二老都达到了为内行说戏的水平。刘老台上的表现、适应能力与系统、科学的理论均胜张伯老一筹，所以最后刘老能完成"刘氏京剧学"的建立，包括独步天下的《钱氏脸谱学》。

单以唱念论，张伯老从不说他唱的是余派，只说"学叔岩"，因为余叔岩就不承认他是余派。刘曾老也不说自己是余派，只说不超越谭、余范畴有把握。二老都是既会又能懂之人，我未聆听过他们盛时的演唱，只能遗貌取神，加以分析比较，各取八言，方家以妄语视之可也。

张伯老：亦步亦趋，不支不蔓；

刘曾老：亦道亦术，不即不离。

透过二老由唱腔和话白传递给我们的中正平和感受，可以想象他们的艺术修养，必已达到矜平躁释的境界。对整体余派艺术而言，刘曾老和张伯老"不一不异"，若仅仅强调其"异"，可于天赋、性格和环境寻根溯源，兹不深论。现循王国维《人间词话》分类方法，我觉得伯老是主观之票友，而刘老则是客观之票友。主观之票友是表演给自己看的，客观之票友是表演给他人看的。由此心态之异，决定了主观票友之造诣止于"自以为是"处，而客观票友于"自以为是"之外还希望人以为是。因此之故，主观之票友容易择善固执，客观之票友容易兼收并蓄。同样上台彩唱，伯老要求配角按照"傍"余叔岩那样演，因为主角的他只会叔岩那一套，规矩早就形成，根本不存在互相适应问题。刘老在台上善于互相适应，他能唱"中间的"，也能唱"边上的"，甚至为救场应过《法门寺》的大衙役，碌砂井那场领着一干人等"大边""小边"转来转去，"介口"很多，他像内行一样得心应手，不出纰漏。

再说一桩旧闻。王少亭先生是梅剧团的"终身"演员，见过中外大场面，又是我家东四演乐胡同一座四合院南屋几十年的房客，一九五六到一九六六年十年间，逢寒暑假我多以与他聊戏为乐，是一位"习气"很少的内行老先生。他看过六十年代刘老与李慧芳合演的《汾河湾》，但不知刘老是何许人，在后台问"您是中医还是西医？"后来某次聊戏，谈到他跟梅兰芳合照的《汾河湾》像片等等往事，王先生忽然想起了刘曾复，说："人家是教授，能跟李慧芳唱这一出。跟刘曾复一比，李慧芳成'票友'了"。

王少亭先生毕竟陪梅博士在美国唱过《一只鞋的故事》（《汾河湾》英译名），为了演出成功，梅先生也必属咐李春林甚至王凤卿给王少亭说过戏，王先生为自己的前途也必尽心尽力学得准，记得住，要知道，当年梅兰芳在沪一举成名，就包括与凤二爷合作《汾河湾》在内。王少亭先生心里有王凤卿、梅兰芳两位大师的标准在，我肯定他的观后感没有成见，他清楚戏里老生该"有"什么，也知道梅派旦角该"有"什么。

上面说的都是所谓"台上的玩艺儿"，以下略谈案头的。

刘老大著《京剧新序》读了不知多少遍，在长途电话里（五元加币的电话卡可与大陆通话五百分钟，现在已逐渐增至九百分钟，惜已无戏可谈，奈何），又请教了许许多多问题——有些在刘老看来或许是很幼稚的问题，我今日回思，这本"天书"我仍然无法读懂，刘老"京剧之家"的大门仍然无法走得进去。原因是我的"基础课"缺席了，"专业课"当然无法继续。我"玩票"都未认真投入，遑论唱、念、做、打、翻？更遑论见胡琴、见锣鼓、见台毯、见观众？缺少上述基本功修养而侈谈研究《京剧新序》，充其量不过是得诸书本、还诸书本而已。纸上来纸上去的京剧，实际已无所谓京剧了。

《京剧新序》是千真万确得诸舞台，还诸舞台的，应该让它台上来，台上去。这样才不辜负刘老的苦心。

以《京剧新序》为代表的"刘氏京剧学"，乐观估计，理应在二十多年来认真老实、锲而不舍跟从刘老走身段，打把子，练道白、哼唱腔的内外行朋友那里开花结果，他们走进了刘老"京剧之家"的大门，最有希望见"宗庙之美，百官之富"。

反之，如果你只有进门"观光"的理想，由于各种原因没能抓住直接向刘老学习唱、念、做、打的机会，恐怕就要像我一样，只有过屠门而大嚼的份了。一言以蔽之，与刘老缘浅，与京剧缘浅而已。

我收到北京梁剑峰先生寄来刘老最后亲笔签名的

《京剧说苑》时，刘老已归道山。失去了电话学戏的机会，纵有疑难，也永远无法获得答案了。一念至此，悲从中来。

《京剧说苑》并非白头官女说天宝故事，而是一位世纪老人禀承唯物精神，运用科学方法，"信而好古"，"述而不作"，留给后人的无价之宝。书中大部份内容，我都在电话里听刘老讲述过，也进一步请益过，读到面前整理后生动准确的文章，字字珠玑，功德无量。我首先向记录者和编辑出版者致敬，然后谈一谈"温故知新"。

刘老研究京剧，从未误入道听途说，捕风捉影的捷径歧途，对任何随意的"小地方"，他都有完整的观察，精确的解释，来龙去脉，一清二楚，既不指鹿为马或模棱两可，又不闭门造车或天马行空，《京剧说苑》就是刘老研究京剧的"实验报告"，是刘老生理学的研究方法在"刘氏京剧学"上的具体运用。企图轻易推翻刘老的"结论"，请先自省科学与否。

《京剧新序》是京剧前辈理论和经验的总结，《京剧说苑》则是记录与描述优秀演员在保留剧目中的具体实践，是他们成功运用上述理论和经验的成果。"实验报告"意义在此。

你若问我读过"温故"的"实验报告",能"知"什么"新"?答此一问,便须牵涉艺术的对、错、好、坏问题。刘老说:"唱戏没有对不对的问题,只有好不好的问题,用后台行话说就是合适不合适的问题"。如果我们用最高层次的表演水平和标准,来衡量艺术活动之"新"与"故","新"是否一定比"故""合适"?还是自以为"合适"?还是强迫别人以为"合适"?"新"胜"故"败,似是颠扑不破的规律,但"新"要比"故""合适",才是需要创"新"的经得起历史考验的原因。"合适"是后台充满智慧的选词,既不昧已,又不伤人,值得提倡使用。刘老多次如此表示。

当今之世,京剧已从雅俗共赏、朝野争传的娱乐"玩艺儿",变成了文化"遗产",这就不是闹着玩儿了。联合国科教文组织代表的世人是着眼"故"的价值呢,还是"新"的创造呢?刘老生前极不愿卷入此类争论,我更是局外人,不过骨鲠在喉不吐不快耳。《京剧说苑》面世以后,希望有心走进或已经走进刘老"京剧之家"大门的朋友,都能真正找到前辈大师表演精妙的原因,在《京剧新序》的理论指导下,通过研习顺利找到达致精妙的途径,实现刘老两大著作台上来台上去的宏愿。以告慰刘老在天之灵。

假如尊驾坚持原则,认为那些"故事"都是老生常谈,精彩是昔日光辉,绝妙是袍褂时代的"合适",《闹天宫》一定比《安天会》好——很幸运,我小时候看过《安天会》,虽不是杨小楼层次的,但至今仍能回味那种中国神话故事的意境。"唱死天王累死猴"的编导(如果有的话),无愧为伟大的艺术家。《闹天宫》除了鼓励造反打破旧秩序以外,想不出还有什么地方超过《安天会》,"新人不如故"是可以肯定的。具体技艺得听刘老的,听内行的,恕我无能为役矣——那是尊驾的自由,并无辩论之必要。

研究"刘氏京剧学",据我所知,至今为止最富成效的应属脸谱。刘老的脸谱是在后台从演员的脸上学来的,是从"立体"入手的基本功。钱宝森临终嘱刘老"别把咱们的脸谱丢了",指的也不是画在纸上的。这个标准刘老本人达到了,刘老说他学生盛华先生也达到了。使钱家脸谱在舞台上流传不绝,当然是刘老"京剧之家"的大成功,是京剧艺术的大幸事。

《京剧新序·说苑·脸谱》,是刘老一生热爱、学习、研究京剧,由实践上升到理论的最后总结。用"刘氏京剧学"理论来指导唱、念、做、打、翻的实践,假以时日,或许能产生杨、梅、余那个层次的京剧艺术家，刘老对此虽已不寄厚望，但仍认真把书写出来，"我爱咱们中国的文化呀"。刘老如此说。

刘老的艺术，真正达到了"知行合一"，我读其书，感觉和听他的说戏录音一样，纸上的字里行间，耳中的行腔落韵，充分显示他由博返约、深入浅出的非凡功力。我至今极羡慕能得到刘老亲炙的朋友，特别是在刘老指点下练过功的朋友，他们的收获必然与众不同，而且肯定超过听录音、看录像甚多也。

在刘老春风座上得接謦欬的朋友必有体会：刘老是一位"不失人，亦不失言"的智者，他一生谨慎，尊重听者之余，还希望对方欣然接受有益之言，所以向刘老请教，须得领略他"尽在不言中"的默处。譬如分析书法败笔，刘老往往不直接说那"黑"处，而只从"白"处说起，"白"处说尽了，还需要再说"黑"处吗？能否悟入悟出，端视听者之慧根矣。

刘老作出了积极正面的榜样。"比不会还不会"，是王荣山先生送给刘老当年的评语，彼时刘老风华正茂，上台大演《南阳开》和《探母》，根据刘老六十余岁《华容道》录音推测，二十多岁嗓子"别提多好了"。王先生用会戏懂戏的内行标准坦率进言，恰似当头棒喝，是够交情；刘老在迷悟一念之间选择了"猛然回首",是有度量,有自知,也即是有智慧。一句箴言,成就了刘老今日的"京剧之家",或曰"刘氏京剧学"。刘老不轻易拈举"比不会还不会"示人,因为对聆听者而言,受到的打击比启发大。

二〇〇四年我忽然"发慧",深感对刘老说戏录音以外部分所知太少,疑问太多,而刘老已登上寿之域,再不争分夺秒增加记问,不要说"会"说"懂",恐怕此生连"知"都将成空想。可惜我"八字"不好,"穷儒"一生,没有用经济支持的行动自由,做不起当年"孟小冬票友版"放下一切,只好退而求其次,彻底放弃"知"做、"知"打(绝非"会"和"懂",我尚未狂妄至此也)的希望,恳求刘老"电话教学",详尽说戏,目的只是想比较清楚地知道(或略有概念)录音以外的种种,虽然我无法知道某出如何"唱下来",但是我最少能想象当场可以"看"到什么,传统唱法戏里应该"有"什么,做一个比较明白的外行,于愿足矣。

鉴于我的目标实事求是,方法又切实可行,戏缘甚善,刘老在东半球话筒边欣然允诺,我差不多半生舞文弄墨,现在才真正感受到"感激涕零"四字的份量!于是每周一至三次,约定时间我打电话过去,刘老无一次不守候在电话旁边,轻松愉快地"开课"。刘老按照我提出的剧目(九十年代初,葛昌权先生受刘老嘱托替我复制的说戏录音)详细解说包括每出戏的全部,只要是我想知道而且可能理解的,刘老都倾囊以授——除了把子和复杂身段,因为这两部份说了也等于对牛弹琴。我步刘老后尘,一句一句跟刘老学了《双狮图》和《一捧雪》的念白,以及其他各戏唱念的关键,我自幼看戏不算太少,但在说戏录音的目录中,还有超过三分之一没看过甚至没听过选段,借此良机,请刘老从头到尾一场一场都"抱总讲"说了,我实在惊叹刘老的奇能,电话里的形容,能令我这个低级学生如闻其声,如见其人,想象满台精彩,没有刘老的厚赐,如此美妙的艺术享受,举世难求也。

无限美好的电话教戏活动,一直坚持到刘老去年第一次因病住院为止,数年间几次因故暂停均不超过一个月,我也可算"业精于勤"了。我们爷俩乐此不疲,托刘老的福,我在电话里"看"了一百多出老戏,其中包括从未听闻的《审刺客》《江东桥》《取荥阳》《山海关》《锤换带》《清河桥》等等绝迹舞台超过半世纪的冷戏。另外,还教了我《孝感天》的共叔段。

刘老说的戏,都达到了联合国科教文组织登录的

"人类口传非物质文化遗产杰作"的水平。可惜的是,"博导"教初中生,无论如何认真努力,本质同于纸上来纸上去,缺少了做、打、翻,缺少了冬练三九,夏练三伏,缺少了舞台观众,"电话授受",能"知"已不容易,"会"和"懂",肯定是今生无份的了。

二〇〇五年刘老觉得我"可与言"了,才第一次谈到"比不会还不会"的话题,我则正中下怀,心悦诚服接受这个评价。我相信,我是唯一(当面)直接接受刘老箴言的后学,我了解他的为人,他不会轻易对人说这句话的。

二〇一二年六月二十七日刘老遐龄考终,我们今生师徒缘尽,老人家子侄待我,今兹大去,我不胜依恋,莫可形容。拜挽一联,夫子灵鉴。辞曰:

仁心化雨,万海千桑,祯国颂平安,余甘喜味诃黎勒;
援手开云,香江枫叶,隔洋传戏剧,雅韵长留德律风。

京剧有商品价值的时代,刘老坚拒名利的诱惑,做其认真研习京剧的票友;今天,京剧差不多已没有了商品价值,刘老却完成了他的京剧学,台下人对台上人的贡献莫大于此。倘无商品岂成社会?改革京剧使再成商品,能否成功姑且勿论,但可肯定已与"刘氏京剧学"了不相关。原因浅而又浅:编剧作曲是创造,发掘抢救是复原,创造向前看,复原向后看。虽然都追求完美,但是创造的完美在将来,复原的完美在过去。在传统艺术博物馆里,京剧里应是"古董"(至少须"仿古"),而不是"工艺品"。"其然,岂其然乎?"

二〇一二年九月于多伦多
观学斋中写讫,掷笔怃然

图书在版编目(CIP)数据

京剧书简：致刘曾复信十七通 / 王尔敏著. --上海：华东师范大学出版社，2017.4
ISBN 978-7-5675-6313-1

Ⅰ.①京… Ⅱ.①王… Ⅲ.①书信集-中国-当代②京剧-戏剧理论-文集 Ⅳ.①I267.5②J821-53

中国版本图书馆 CIP 数据核字(2017)第 055471 号

华东师范大学出版社六点分社

企划人　倪为国

本书著作权、版式和装帧设计受世界版权公约和中华人民共和国著作权法保护

京剧书简：致刘曾复信十七通

著　者	王尔敏
责任编辑	王莹兮
封面题字	畅　垚
封面设计	刘怡霖
出版发行	华东师范大学出版社
社　址	上海市中山北路 3663 号　邮编　200062
网　址	www.ecnupress.com.cn
电　话	021-60821666　　行政传真　021-62572105
客服电话	021-62865537
门市(邮购)电话	021-62869887
地　址	上海市中山北路 3663 号华东师范大学校内先锋路口
网　店	http://hdsdcbs.tmall.com
印刷者	上海景条印刷有限公司
开　本	890×1240　1/32
印　张	7.25
字　数	93 千字
版　次	2017 年 4 月第 1 版
印　次	2017 年 4 月第 1 次
书　号	ISBN 978-7-5675-6313-1/J.296
定　价	38.00 元
出版人	王　焰

(如发现本版图书有印订质量问题，请寄回本社客服中心调换或电话 021-62865537 联系)